KB127882

만학검전

종남마검 편

FANTASTIC ORIENTAL HEROES

한성수 新무협 판타지 소설

만학검전(晩學劍展) 8

초판 1쇄 찍은 날 § 2018년 3월 5일
초판 1쇄 펴낸 날 § 2018년 3월 12일

지은이 § 한성수
펴낸이 § 서경석

총괄팀장 § 최하나
편집 § 김경민 이종식

펴낸곳 § 도서출판 청어람
등록번호 § 제387-1999-000006호
등록일자 § 1999. 5. 31
어람번호 § 제2-2743호

주소 § 경기도 부천시 부일로 483번길 40 서경B/D 3F (우) 14640
전화 § 032-656-4452 팩스 § 032-656-4453
http://www.chungeoram.com
E-mail § chungeorambook@daum.net

ⓒ 한성수, 2017

ISBN 979-11-04-91671-7 04810
ISBN 979-11-04-91455-3 (세트)

※ 파본은 구입하신 서점에서 교환하여 드립니다.
※ 저자와 협의하여 인지를 붙이지 않습니다.
※ 이 책은 도서출판 청어람과 저작자의 계약에 의해 출판된 것이므로,
무단 전재 및 유포·공유를 금합니다.

만학검전

종남마검 편

FANTASTIC ORIENTAL HEROES

한성수 新무협 판타지 소설

도서출판 청어람

만학검전

종남마검 편

目次

第一章

믿기 힘든 이야기……

화산.

섬서성 화음현(華陰縣)에 위치한 중원 오악 중 서악.

그 산세는 진령산맥의 북쪽지맥으로써 동서로 달린다. 서쪽에 소화산이 있기 때문에 이를 구분하여 태화산이라 불리기도 한다.

그 태화산 오봉 중 가장 낮은 곳은 북봉(北峰)이고, 그 중턱에 현 구대문파의 중심이라 불리는 화산파의 본궁인 옥천궁(玉泉宮)이 위치해 있었다.

옥천궁은 천하에 얼마나 많은 도문과 도관이 존재하는지

모르나 무당파의 자소궁과 함께 항상 상징성과 위상에 있어 수위를 다투곤 한다. 건립 연원을 따지자면 자소궁보다 한참이나 윗길이기도 했다.

그 도가 제일의 중지인 옥천궁.

현재 이곳에는 평소와 같은 그윽한 향연은 사라지고, 무수히 오고 가던 화산파 제자와 도인들의 발자취 역시 보이지 않는다. 대략 한 시진 전 옥천궁으로 들이닥친 수백 명의 고수들에 의해 문파 전체가 혈겁에 휩싸였기 때문이었다.

정체불명의 고수들!

하나같이 절정 이상급인 고수들의 숫자는 무려 십수 명이 넘었고, 그들을 따르는 일류 수준의 무사는 수백 명이나 되었다. 일개 문파에서 감당할 수 없는 전력이 한꺼번에 화산파에 공격해 들어온 것이다.

그러자 옥천궁에서는 황급히 경계의 타종을 울렸다.

북봉을 비롯한 화산 전역에서는 잇따라 봉화가 올랐다. 화산 이곳저곳에 흩어진 채 수양을 쌓고 있던 장로급 이상의 고수들을 소집해서 옥천궁에 닥친 난국을 해결하려 함이었다.

그리고 펼쳐진 화산파의 자랑 매화대검진!

화산파 장문인 화산매화검 옥진자의 명령하에 옥천궁의 중심부로 모여든 오십여 명의 매화검수들은 결사의 항전을 벌였다. 본래 열 명 안팎으로 펼치는 매화검진 다섯 개를 연결한 매화대검진으로 옥천궁을 갑자기 급습한 수백 명의 고수들을 막아내려 했다.

그러나 그때 수백 명의 고수들 속에서 한 명의 백발 도객이 모습을 드러냈다.

나이를 짐작하지 못할 정도로 준수한 외양의 미중년!

길게 흘러내린 백발만 아니라면 삼십 대 초반이라 해도 믿을 정도로 동안인 백발 도객이 매화대검진을 향해 뛰어들었다. 그리고 수중의 사 척이 넘는 장도를 맹렬하게 휘둘렀다.

번쩍!

매화대검진의 한 축을 이루고 있던 다섯 명의 매화검수가 일도양단 당했다. 백발 도객의 일도에 화산파의 본궁인 옥천궁 방어의 핵심이던 매화대검진이 심대한 타격을 입었다.

번쩍!

그리고 연달아 펼쳐진 백발 도객의 두 번째 도격에 매화대검진이 완전히 박살 났다. 단 두 번의 칼질에 더 이상 검진의 역할을 수행하지 못하게 된 것이다.

"우와아!"

"우와아아아!"

그제야 기다렸다는 듯 백발 도객의 뒤에 머물러 있던 수백 명의 고수들이 달려들었다. 백발 도객에 의해 절반 이상이 목숨을 잃고 붕괴된 매화대검진을 그들은 순식간에 전멸시켜 버렸다.

그야말로 전광석화 같은 공격!

결국 화산의 전역에 피어오른 봉화를 보고 은거했던 장로와 고수들이 구원하러 오기도 전에 옥천궁은 몰살당하고 말았다. 그리고 거기에는 화산파의 당대 장문인이었던 화산매화검 옥진자 역시 예외가 아니었다.

쩌억!

순간적으로 자신의 자하구벽검의 빈틈을 파고들어 자하의 호신강기를 쪼개 버린 백발 도객의 장도를 보며 옥진자가 힘겹게 도호를 내뱉었다.

"무, 무량수불……."

"운검은 어디에 있느냐?"

"…도, 도우께서는 어째서?"

"너도 모르는 거로구나! 그렇다면 운검 그자가 내게 직접 찾아오게 해야 하겠구나!"

나직한 중얼거림과 동시였다.

서걱!

순간적으로 백발 도객의 장도가 사선을 그리며 옥진자의 몸을 스치고 지나갔다. 이미 중상을 당한 상태였던 그의 몸을 사선 방향으로 일도양단해 버린 것이다.

푸화아아악!

결국 선 자세 그대로 절반의 절단면만 남은 옥진자의 몸에서 폭포수 같은 핏물이 터져 나왔다. 구대문파의 일문지주의 죽음은 이렇게 비참했다.

그 후 장도를 한 차례 휘두르고 납도(納刀)한 백발 도객이 신형을 돌려 아수라장으로 변한 옥천궁을 둘러봤다.

마치 현재 이곳에서 벌어지고 있는 피투성이 싸움과 자신은 완전히 무관한 것 같은 독특한 기도가 그의 전신에서 흘러나오고 있었다.

그때 그런 백발 도객에게 바퀴가 달린 수레를 탄 노문사가 다가들었다. 그의 수레를 미는 건 오늘 옥천궁을 급습한 고수들 중에서도 절정급의 무위를 지닌 자들이었다.

스르르르륵!

백발 도객 앞에 도달한 노문사가 현기가 담긴 눈을 빛내며 말했다.

"종주시여! 역시 운검진인은 화산파에 오래전부터 없었던 것 같습니다."

"네놈은 처음부터 알고 있었던 것일 테지?"

"설마요?"

"간악한 놈이 요사스러운 혓바닥을 내 앞에서 놀리려 하는구나!"

"헉!"

노문사의 입에서 헛바람을 들이키는 소리가 났다. 어느새 백발 도객의 장도가 다시 뽑혀져 그의 미간 사이를 겨누고 있었기 때문이다.

실낱 정도나 될까?

백발 도객의 도첨(刀尖)과 노문사의 간격은 그 정도밖에 되지 않았다. 만약 백발 도객이 마음을 먹는다면 단숨에 노문사는 목숨을 잃어버릴 터였다.

그러나 노문사는 언제 헛바람을 들이켰냐는 듯 입가에 흐릿한 미소를 만들어 보였다.

"종주시여! 망설일 필요 없습니다. 만약 비천한 소인의 목숨을 원하신다면 언제든지 명하시기만 하면 됩니다."

"끝까지 간악한 입놀림을 멈추지 않는구나! 운검은 지금 어디에 있는 것이냐?"

"종주께서 모르시는 걸 어찌 소인이 알겠습니까?"

"그렇다면 네놈은 내게 필요치 않다!"

단호한 백발 도객의 말에 노문사가 얼른 고개를 조아리며 첨언했다.

"운검진인은 곧 종주님을 찾아올 것입니다. 그날까지 소인의 목숨을 거두는 건 뒤로 미루심이 어떠신지요?"

"흥!"

백발 도객이 차가운 코웃음과 함께 장도를 거둬들이고, 피바다로 변한 옥천궁 밖으로 걸어나갔다. 더 이상 목표로 했던 운검진인이 없는 이곳에 머물 이유가 없다는 판단을 내린 것이 분명했다.

그러자 자신의 목 주변을 한 차례 손으로 쓰다듬어 보인 노문사가 휘하의 고수들에게 뒷정리를 명했다. 몰살당해 피바다 속에 누워 있는 화산파 문도들 전원에게 확인 참격을 가하고, 옥천궁에 불을 질렀다. 구대문파의 일좌인 화산파의 본궁을 아예 세상에서 없애 버린 것이다.

*　　　*　　　*

"믿기 힘든 얘기로군."

이현이 눈살을 찌푸리며 중얼거리자 혈갈 진화정이 입을 삐죽 내밀어 보였다.

그녀가 방금 한 얘기는 현재 전 무림을 경악하게 만들고 있는 화산파의 갑작스러운 봉문 선언에 숨겨진 비사였다. 그동안 화산파 인근에 있던 하오문도를 총동원해서 얻어낸 특급 정보가 이현의 한마디에 부정당하자 기분이 좋을 리 없었다.

"어떤 부분이 믿기 힘들다는 것이죠?"

이현이 팔짱을 끼고 말했다.

"일단 화산파가 정체불명의 무리한테 기습을 당해서 몰살당했다는 게 믿기 힘들다. 천하에 그만한 능력과 이유를 동시에 갖춘 무림 세력은 과거 마교의 후예를 자처했던 구마련이나 대종교 정도에 불과할 테니까.”

“그 점은 소첩도 인정합니다. 당대 화산파의 위상은 분명 그러하니까요. 하지만 정체불명의 고수들에게 몰살당한 건 화산파 전체가 아니라 옥천궁이에요. 화산파의 진짜 숨어 있는 저력이라 할 수 있는 전대의 기인들과 장로급 고수들은 앞서 말했다시피 옥천궁이 참화를 당할 때 함께하지 않은 상태였어요. 천하제일인 운검진인은 아예 화산파를 떠나 있었고요.”

“그 부분 역시 이상하다. 어떻게 화산파에 운검진인이 없을 수 있는 거냐?”

“종남파 조사동에서 비검비선대회에 대비해 폐관수련을 하고 있다고 알려졌던 마검협이 현재 소첩과 함께 있는 것과 비슷한 이치가 아닐까요?”

“그거야…….”

“물론 이 대협과 운검진인의 경우가 같진 않을 거예요. 하지만 소첩이 그동안 여러 문파의 내부 사정에 대해서 알아본 바에 의하면 대충 돌아가는 건 비슷하더라구요.”

“…뭐가 비슷하다는 거지?”

“자신에게 유리한 건 밖에 소문내고, 불리한 건 숨긴다는 거요. 생각해 보면 그동안 비검비선대회를 앞둔 화산파와 종남파에 묘한 공통점이 있었지 않나요?”

"내가 면벽수련 하는 동안 운검진인 역시 화산파에서 두문불출(杜門不出)하고 있었다는 걸 말하는 건가?"

"예, 그 두문불출이 사실은 진짜 두문불출이 아니었던 것이죠. 두 문파 모두 말이에요."

"그리고 그 점을 간파한 자들이 있었고, 이번에 그 허점을 노려서 화산파의 본궁인 옥천궁을 기습 공격했다는 건가?"

"소첩과 섬서 하오문의 책사들은 그렇게 판단 내렸어요."

"그럴듯하군. 하지만 한 가지 더 내게 확인해 줘야겠어."

"어떻게 옥천궁이 몰살당했는데, 이런 사실을 알아낼 수 있었는지 궁금하신 거겠죠?"

"그래."

이현이 고개를 끄덕이자 진화정이 조금 의기양양해진 표정으로 말했다.

"사실 화산파에도 하오문의 일을 봐주는 사람들이 몇 명 있는데, 그들 중 한 명이 이번 옥천궁 혈겁에서 재수 좋게 살아남았습니다."

"그자의 재수가 하늘에 닿았나 보군. 화산파의 장문인조차 혈겁을 피할 수 없었는데, 그 와중에 살아남을 수 있었다니 말이야."

"물론 그가 살아남은 이유는 옥천궁에서 멀리 떨어진 곳에서 일을 하고 있었기 때문이에요. 만약 당시에 옥천궁과 가까운 곳에 있었다면 당장 목이 날아갔을 거예요."

"그럼 그자가 직접 확인한 게 아니란 거야!"

이현이 눈살을 찡그리며 으르렁거리자 진화정이 움찔 놀란 표정을 짓고는 조심스럽게 말을 이었다.

"대, 대신 당시 옥천궁에서 기적적으로 살아남은 화산파 문도 몇 명과 뒤늦게 나타난 타 도관의 장로들이 나누는 얘기를 들었다고 해요. 그들이 나누는 대화와 나중에 화산파가 봉문을 선언하기 전에 내부에서 돌아다닌 얘기를 종합적으로 하오문으로 보내줬고, 그걸 토대로 책사들이 당시의 상황을 재구성한 거라구요."

"그러니까 결국 그냥 화산파 내부에서 돌아다닌 썰(說)을 너희 책사란 것들이 적당히 그럴듯한 이야기로 만들었다는 거로군."

"비, 비슷해요."

"흠."

이현이 여전히 팔짱을 낀 채 잠시 생각에 잠겼다. 진화정에게 전해 들은 북궁세가의 혈겁과 화산파 봉문과 관련된 전반적인 상황을 머릿속에서 정리할 시간이 필요했기 때문이다.

그러다 그는 불현듯 깨달았다.

'화산파의 봉문과 북궁세가의 혈겁 사이에는 강력한 공통분모가 존재한다! 그게 뭔지는 아직 확실치 않지만 분명 그래!'

내심 눈을 빛내며 이현이 팔짱을 풀었다.

정리가 끝났다.

이젠 움직여야 할 때였다.

"북궁세가에 들어가 봐야겠어! 그러니까 지금부터 하루를 줄 테니, 북궁세가에 들어갈 수 있는 명분과 신분을 만들어 줘."

"예?"

"두 번 말하게 할 거야?"

이현이 다시 으르렁거리자 진화정이 뒤로 발라당 자빠졌다. 처음과 달리 이번에 이현은 무형지기를 그녀에게 쏘아 보냈다. 절정 이상급의 고수가 아닌 한 견딜 수 있을 리 만무하다.

찔끔!

저도 모르게 속곳에 오줌까지 살짝 지린 진화정이 새파랗게 질린 얼굴로 연신 고개를 주억거렸다. 여기서 다시 이현의 무형지기에 당했다간 아예 바닥을 오줌 바다로 만들고 말 것 같았기 때문이다.

*　　　　*　　　　*

서패 북궁세가!

달리 천하제일세가라 일컬어지는 천하 무림세가의 정점에 위치한 대가문의 주변은 기묘할 정도로 조용했다.

본래는 고릉 최고의 중심가.

온갖 상권이 밀집해 있는 번화가.

그 자체였을 터.

무수히 많은 고릉 사람들이 오고 가고 사랑하던 북궁세가로 향하는 대로에는 쓸쓸만 적막만이 감돌고 있었다. 얼마 전 이곳에서 벌어진 끔찍한 참화가 고릉 인근 사람들의 발걸음을 북궁세가가 있는 번화가로부터 멀어지게 만든 것이다.

'두 번째 방문이로구나!'

이현은 그 사람들의 인적이 끊긴 고릉의 번화가를 느긋하게 걸으며 눈에 이채를 발했다.

출종남천하마검행 당시 종남파를 떠나자마자 그가 가장 먼저 향했던 곳은 다름 아닌 이곳 고릉의 북궁세가였다.

가장 맛있는 먹잇감인 화산파의 운검진인은 뒤로 미루더라도 섬서성의 또 다른 강자인 북궁세가의 천풍신도왕 정도는 꺾어야 천하로 나갈 자격이 생긴다고 여겼기 때문이다.

그리고 벌였던 천풍신도왕 북궁인걸과의 대결투!

간발의 차로 이기긴 했으나 이현은 바로 깨달았다.

천하제일세가의 당대 주인이자 도법의 초절정 고수인 북궁인걸이 만성독약에 중독되어 있는 상태임을 말이다.

그래서 그는 당시의 대결은 공정치 못하다고 생각했다.

찜찜한 뒤끝을 남길 수밖에 없었다.

'하지만 당시 화산파와 함께 섬서성에서 우리 종남파의 영향력을 대놓고 깎아 먹고 있던 북궁세가를 나는 곱지 않게 보고 있었다. 그들 내부에서 벌어지고 있는 일에 굳이 타 문파인 내가 끼어들 이유가 없다고 생각한 것이다. 그런데 그때의 방관이 오늘과 같은 비극을 낳게 되었구나!'

당시 느꼈던 찜찜한 기분!

그건 단지 온전치 못한 상태의 북궁인걸을 이긴 것에만 기인한 것은 아니었다.

북궁세가에 깔려 있는 불온한 암류!

그것이 단지 북궁세가에만 해당하는 것이 아니란 걸 이현은 직감적으로 느꼈다. 약관이 갓 넘겼을 때부터 사부 풍현진인의 명으로 꽤 많이 경험했던 강호행으로 얻은 경험이 그 같이 속삭이고 있었다.

만약 막 비무행을 시작한 때가 아니었다면…….

화산파와 친숙한 북궁세가에 대한 반감이 눈을 가리지 않았다면…….

이현은 북궁인걸이 만성독약에 중독된 상황을 절대 그냥 좌시하지 않았을 터였다. 북궁인걸과 손을 잡고 북궁세가에 흐르던 불온한 암류를 파헤치려 했을 터였다.

생각하면 할수록 후회막급인지라 이현은 눈살을 살짝 찌푸려 보였다. 왠지 북궁창성에게 미안한 감정이 들었기 때문이다.

그때 옆에서 주변의 휑해진 번화가를 신기한 듯 둘러보고 있던 연서인이 찰싹 달라붙어 왔다.

"이 공자님, 무슨 생각을 그렇게 골똘하게 하시는 거예요?"

"으응?"

이현이 그제야 혼자만의 상념에서 벗어나 연서인을 바라봤다.

양 갈래로 묶어서 길게 내려뜨린 삼단 같은 머리.

한쪽에는 예쁜 봉황잠 은채까지 꽂은 연서인은 연한 하늘색 비단 궁장의 차림이었다.

'제대로 꽃단장했구만.'

이현이 평소보다 아주 많이 신경 쓴 티가 나는 연서인의 복장을 눈으로 훑고 말했다.

"별거 아니오. 그런데 연 소저, 하급 무사 시험을 치르러 가는 복장치고는 좀 유별난 게 아니오?"

"어머, 눈치채신 건가요?"

"눈치?"

"제가 아주 이번에 작심하고 복장에 신경을 썼거든요. 이번에 제 목적은 무공이 아니라 미모로 북궁세가 무사들의 이목을 흐리는 거거든요."

"그 정도로?"

이현이 무심코 본심을 내뱉고 얼른 아차 하는 표정이 되었다. 당장 연서인의 눈꼬리가 표독하게 치켜 올라가는 걸 봤기 때문이다.

"이 공자님도 정말 예의가 없군요! 그래가지고 어떻게 공맹의 도리를 공부한 군자라 할 수 있겠어요?"

"……."

"흥! 하긴 이 공자님 주변에는 미인이 참 많더군요. 주 군주님이나 천룡검후 모용 소저한테 비하면 저 같은 건 그야말로 쇠똥 위에 핀 이름 모를 잡초나 다름없겠지요."

'화가 났군! 화가 났어!'

이현이 내심 난처한 표정이 되었다.

사실 연서인의 말은 틀린 게 없었다.

그동안 이현의 주변에는 미인이 끊이지 않았다.

숭인학관의 목연은 단아한 난초를 닮은 미인이었고, 천룡검후 모용조경은 장미꽃과 같은 화려함을 지닌 강동제일미녀였다. 그리고 금의위 진무사 주목란은 귀족적이고 품위 있는 한 떨기 모란이라 할 수 있었다. 세 여인 모두 무림의 대강남북을 제멋대로 돌아다녔던 이현 평생에 거의 본 적이 없는 미녀들이라 할 수 있는 것이다.

그런 점에서 현재 함께하는 연서인은 일반적인 미적 기준으로 볼 때 위의 세 여인보다 격이 떨어진다고 할 수 있었다. 그녀 역시 남방의 활달하고 귀여운 매력이 없진 않으나 이미 눈이 높아질 대로 높아진 이현에겐 그냥 귀여운 여동생 정도로밖엔 여겨지지 않았다.

물론 이현은 여전히 남녀 관계에 있어서 사부 풍현진인의 가르침을 기억하고 있었다. 여인의 미모 따위에 마음이 흔들릴 사람이 아니었다. 적어도 지금까지는 말이다.

잠시 확실하게 골이 난 연서인을 바라보던 이현이 피식 입가에 웃음을 띠었다.

"후후, 쇠똥에 핀 꽃도 꽃은 꽃인 법!"

"뭐라고요!"

"연 소저는 이름 모를 잡초가 아니라 매력적으로 핀 야생화요. 어떤 남자라도 그 강렬한 매력을 알게 되면 절대 쉽게 빠져나오지 못하게 될 테니까 걱정할 필요 없소."

"호오?"

연서인이 언제 골을 냈냐는 듯 이현을 향해 고개를 갸웃해 보였다. 그가 자신에 대해 한 품평이 꽤나 마음에 들었기 때문이다.

"그럼 이 공자님은 제 강렬한 매력을 알고 계신 가요?"

"전혀."

"이익! 그게 뭐예요!"

"나는 논외로 칩시다. 아직 여자보다는 검이 더 좋은 사람이니까."

'아직 여자보다 검이 더 좋다? 그 말, 주 군주님이나 천룡검후한테도 해당되는 건가요?'

연서인은 이현을 물끄러미 바라보며 진짜 궁금한 질문을 속으로 삼켰다. 해안가 인근의 해남파 출신으로서 중원의 여인과 달리 활달하고 솔직한 성품을 타고난 그녀이나 눈치가 없진 않았다. 호감을 품고 있는 이현에게 적당히 들이댈 정도의 소양은 있다는 뜻이다.

그렇게 연서인이 입을 다물자 이현이 기다렸다는 듯 화제를 돌렸다.

"그래서 연 소저가 보기에 북궁세가는 어때 보이오?"

"폭발 직전의 화약고 같네요."

"폭발 직전의 화약고?"

"예, 배를 타다 보면 군선을 만나곤 하는데, 거기에는 가끔 화포를 실려 있곤 해요. 부상국의 해적들이 툭하면 해안가로 노략질을 하러 오곤 해서 관의 군선이 화포를 싣고 순시를 도는 거죠. 뭐, 그 외에 특별히 해전 따윌 벌일 만한 일은 없으니까요."

"그래서?"

“그 군선에 실려 있는 화포란 게 아주 무서워서 악귀 같은 부상국 해적 놈들을 박살 내는 데는 최고예요. 수십 장도 더 멀리 떨어진 바다에서 쾅! 쾅! 하고 화포가 불을 몇 번 뿜으면 부상국 해적 놈들의 배가 단숨에 대파되고 말거든요.”

“화포란 건 대단하군.”

“예, 정말 대단해요. 그래서 우리 해남파에서는 꽤나 오래전부터 그 화포를 얻고자 총력을 기울였어요. 군선이 정기적으로 순시를 한다 해도 바다는 너무나 넓어요. 부상국 해적 놈들이 언제 어디서 바다를 건너와서 남해 일대를 노략질할지 알 수 없으니, 해남파 자체적으로 그놈들을 상대할 방책이 필요했던 거예요.”

“그 정도로 부상국 해적들의 힘이 강한 것이오?”

“강해요! 특히 놈들이 사용하는 왜도(카타나)의 위력은 아주 치명적이에요. 원숭이나 쥐새끼처럼 생긴 해적 놈들이 휘두르는 왜도의 위력이 보통 백련정강의 해남파 일류검수의 검보다 강할 정도였거든요.”

“나도 왜도에 대해선 알고 있소. 관부에서 부상국의 왜도를 수입해 와서 검병만 바꾼 왜검을 만들어서 사용할 정도란 걸 말이오. 하지만 단지 도검의 차이만으로 부상국 해적들이 해남파의 우위를 점한다는 건 믿기 힘든 일이로군.”

“물론 놈들과 대등한 숫자, 혹은 지상에서 대결을 벌인다면 해남파가 압승을 거둘 수 있을 거예요. 하지만 대부분 부상국 해적들과의 대결은 해상에서 벌어졌고, 해남파보다 놈들이 운용하는 배의 숫자가 몇 배나 더 많곤 했어요."

"……."

"게다가 속전속결(速戰速決)! 놈들의 전법은 단지 이 한 가지뿐이었어요. 불시에 해안가로 몰려든 해적 놈들은 인근의 마을을 바람같이 약탈하고 물러나곤 해요. 관병이나 우리 해남파가 소식을 듣고 약탈당한 마을로 달려갔을 땐 이미 모든 게 끝나 버리는 거예요."

"그래서 해상에서 놈들을 화포로 제압하고 싶었던 거로군?"

"예, 그리고 근래 주 군주님의 도움으로 해남파에는 어느 정도의 화포와 화약이 마련되었어요."

'주 군주, 그걸로 해남파 고수들을 금의위에 끌어들였던 거로군.'

이현이 내심 고개를 끄덕이고 있을 때 연서인이 마저 설명을 끝냈다.

"그런데 이 화약이란 걸 다루는 게 정말 쉽지가 않았어요. 물이 젖게 해서도 안 되고, 자칫 불이 붙기라도 하면 그야말로 대참사가 벌어지고 말아요. 그야말로 일촉즉발(一觸卽發), 그 자체라고나 할까요?"

"즉, 연 소저가 보기에 현재 북궁세가는 터지기 직전의 화약고! 바로 일촉즉발의 상황이라는 거로군?"

"예."

연서인이 간명한 대답과 함께 슬쩍 목소리를 낮췄다.

"그래서 저는 이 공자님이 굳이 여기에 침투하려는 의도를 모르겠어요. 어쩌면 현재 북궁세가는 자금성에서 벌어졌던 어전비무대회보다 더 흉험할지도 모른다구요."

"그럴지도. 하지만 말이오. 나는 직접 확인하고 싶은 것이오. 천하제일도 북궁 노선배가 진짜로 이번 혈사의 주인공이 맞는지에 대해서 말이오."

"……."

연서인은 다시 뭐라고 종알거리려다 입을 다물었다. 어느새 북궁세가의 대문을 바라보고 있는 이현의 차갑게 가라앉아 있는 눈빛을 발견했기 때문이다.

'이 공자… 이미 마음을 굳혔구나!'

결사의 기도!

부상국 해적들과 피투성이 해전을 벌이기 전, 해남파의 문도들에게서 종종 볼 수 있던 것이다. 다른 어떤 것으로도 절대 막을 수 없는 의지의 방출이었다.

그때 북궁세가의 대문을 지키고 있던 무사 두 명이 빠른 걸음으로 다가들었다.

둘 다 일류 수준!

타 문파라면 문지기나 하고 있을 수준이 절대 아니다.

두 무사 중 나이가 더 많아 보이는 무사가 이현과 연서인을 둘러보고 말했다.

"두 사람, 이곳이 어딘지 알고 찾아온 것인가?"

연서인이 얼른 무사에게 걸어가 말했다. 어느새 입가에는 귀염성 있는 미소가 매달려 있다.

"저는 남해에서 온 연홍이라 해요. 북궁세가에서 무사들을 뽑는다는 말을 찾아왔어요."

"아! 무사가 되러 찾아온 거로군. 그런데 가냘픈 아녀자의 몸으로 본가의 무사가 되긴 좀 힘들 수 있소만."

"호호, 제가 이래 봬도 해남파의 문인이랍니다."

"오! 해남파!"

무사가 나직이 탄성을 발하며 연서인을 바라봤다. 명문인 북궁세가의 일류 무사답게 그의 견식은 보통이 아니었다. 남해의 명문인 해남파에 대해서 대충이나마 알고 있었다.

그가 이현을 돌아봤다.

"그럼 옆에 있는 친구도 해남파의 문도인 것이오?"

이현이 드물게 공손한 태도로 공수하며 말했다.

"본인은 낙양의 자로학관에서 수학하는 학사입니다."

"학사?"

무사가 눈살을 찡그려 보였다. 그러자 이현이 다시 공수를 하고 부연 설명했다.

"소생은 자로학관에서 글공부만 한 것이 아니라 병법과 기문둔갑에 관해서 십여 년간 배웠습니다. 본래 대과 중 병과를 목표로 했습니다만, 근래 북경에서 대란이 일어나는 바람에 뜻을 꺾게 되었습니다."

"아하! 그럼 이번에 본가의 군사전에서 뽑기로 한 서리직에 관심이 있어 오신 것이겠구려?"

"그렇습니다. 여기 낙양의 지부 대인께서 써주신 추천장이 있습니다."

이현이 진화정에게 받은 추천장을 내주자 무사가 얼른 받아들고는 어색한 웃음을 지어 보였다.

"하하, 이런 걸 받아봤자 나 같은 무부(武夫)가 알 재간이 있겠소? 내가 군사전에 가져가서 명을 받아올 테니, 여기서 잠시 기다리고 계시오."

"예, 그리하겠습니다."

이현이 정중하게 허리를 숙여 보이자 무사가 흐뭇한 표정으로 고개를 끄덕여 보였다. 이현이 한껏 몸을 낮춰 보이자 기분이 꽤 좋아진 것이다.

第二章

천무각! 격돌!

잠시 후.

군사전에서 돌아온 무사가 이현에게 고개를 끄덕이며 말했다.

"학사 양반, 낙양의 지부 대인께서 아주 극찬을 하셨더구려. 젊은 나이에 아주 대단한 인재라고."

"과찬이십니다."

"일단 당신은 날 따라오도록 하시오. 아! 그리고 해남파의 여협도 함께 오시오. 해남파의 문도가 왔다는 말을 듣고 군사전의 책임자인 목원 전주님께서 한번 보고 싶다고 하시더군요."

"예!"

씩씩하게 대답한 연서인이 이현과 함께 무사의 뒤를 따랐다. 멀리서 볼 때만 해도 귀문(鬼門)처럼 보였던 북궁세가 안으로 간단히 들어서게 된 것이다.

그렇게 한참 북궁세가의 무수히 많은 고루거각 사이를 걸어가던 무사가 문득 생각난 듯 말했다.

"그러고 보니 학사 양반, 우리 통성명도 하지 않았군. 나는 북궁세가의 유성창검대 소속 무사인 남휘라네."

이현이 말했다.

"학사 이현입니다."

"이현? 설마……."

이현이란 이름에 놀라 새삼스러운 시선을 던진 남휘가 곧 고개를 가로저었다. 어떻게 보든 약관도 되어 보이지 않는 이현의 얼굴을 보고 문득 머릿속에 떠오른 '마검협'이란 명호를 지워 버린 것이다.

연서인이 얼른 말했다.

"그런데 유성창검대라면 북궁세가가 자랑하는 삼대 무투부대 아닌가요?"

"그걸 남해에서 온 아가씨가 어찌 아셨소?"

"북궁세가에 무사가 되겠다는 사람이 그런 것도 몰라서야 되겠어요?"

"딴은 그렇군. 그런데 두 사람은 어떤 관계요?"

이현이 말했다.

"중간에 만난 사이입니다."

"중간에 만난 사이?"

"예, 낙양에서 북궁세가로 오던 중 우연히 만났습니다. 마침 목적지가 같아서 제가 연 소저의 도움을 받았지요."

"무슨 도움을 받았다는 건가?"

"호위를 받았습니다."

"아하!"

남휘가 조금 호들갑스레 탄성을 발하고 이현을 조금 깔보듯 바라봤다. 그리고 연서인에게 은근한 눈빛을 던졌다. 아무래도 그녀가 마음에 든 모양이었다.

그러자 연서인이 그에게 방긋 웃어주고, 이현의 옆구리를 슬쩍 꼬집었다. 단숨에 그와 아무런 사이도 아니게 된 것에 대한 응징이었다.

꿈틀!

그러나 이현은 옆구리의 근육을 물고기처럼 미끈거리게 만들어서 연서인의 손가락으로부터 벗어났다. 그녀가 더욱 약 오르는 상태가 되었음은 물론이었다.

그때 남휘가 '문덕전(文德殿)'이라 쓰여진 편액이 걸려 있는 전각 앞에 멈췄다. 이곳이 바로 북궁세가의 모든 대외전략과 전술이 연구된다는 군사전일 터였다.

남휘가 목소리를 높였다.

“목원 전주님, 명하신 대로 두 사람을 데리고 왔습니다.”

“들게 하게.”

“예.”

사람의 목소리만 들려왔음에도 남휘는 정중한 대답과 함께 허리를 숙여 보였다. 군사전의 주인인 목원이 현재의 북궁세가에서 어떤 위치를 차지하고 있는지 알 수 있는 모습이었다.

‘북궁세가 총군사 목원이라…….’

진화정에게 전해 듣기로 목원은 본래 한림원 출신의 고매한 선비였다. 그는 현 황제에게 업무에 복귀하길 계속 상소하다 반황제파의 눈 밖에 나 낙향했는데, 천풍신도왕 북궁인걸이 삼고초려(三顧草廬)해서 북궁세가에 데려왔다고 한다.

그 후 그는 북궁세가의 대외 활동 전반에 걸쳐서 매우 많은 공적을 세웠는데, 특히 몇 차례의 대규모 마적단 토벌전에서 자신의 진가를 유감없이 발휘했다. 섬서성과 감숙성을 오가며 대상들을 약탈하던 수백 단위의 마적단들을 단 5개월 만에 완전히 몰살시켜 버렸다.

게다가 그는 마적단과 동조하던 세력까지 파악해 내 그들을 북궁세가 쪽으로 전향시켰다. 여러 마을의 연합체 격인 마적단 동조 세력을 그냥 놔뒀다간 얼마 지나지 않아 똑같은 약탈이 반복되리란 걸 알고 있었기 때문이다.

덕분에 북궁세가는 섬서성 북쪽으로부터 시작해 감숙성을 거쳐서 저 멀리 서역까지 향하는 무역로를 완전히 장악하는 데 성공했다. 북궁세가에 들어오는 돈의 단위가 단숨에 몇 곱절로 늘어나게 되었음은 물론이었다.

'…그런데 그 목원이 태상가주 북궁휘가 일으킨 혈사에 반기를 들지 않았다는 거렸다!'

이현이 내심 눈을 빛내고 연서인과 함께 문덕전으로 들어섰다.

스륵!

문을 열고 들어서자 커다란 문덕전이 보인다.

족히 백여 명 정도는 수용할 수 있는 넓이의 대전은 희한하게도 텅 비어 있었다. 수십 개나 되는 책상이 주인을 잃은 채 아무렇게나 방치된 상태였다. 마치 단체로 군사전에서 일하던 자들이 휴가라도 떠난 것 같다.

그런 책상들 너머로 한 명의 왜소한 몸집의 노문사가 보였다.

그는 방치된 책상들 사이를 오고 가며 열심히 서류를 정리하고 있었는데, 허리가 살짝 굽은 게 꽤 힘들어 보인다. 족히 연배가 육십은 넘어 보이는데 책상 사이를 다람쥐처럼 오고 가며 서류를 확인하는 작업이 수월할 리 없었다.

'저자가 목원?'

이현이 생각과 사뭇 다른 문덕전의 상황을 살피고 목원으로 보이는 노문사를 보자니, 그가 갑자기 고개를 홱 돌렸다. 잔주름이 가득한 그의 얼굴에 반색한 표정이 떠오른다.

"자로학관에서 온 이현 학사라고 했던가!"

"예, 목원 전주님이십니까?"

"맞아. 노부가 바로 이 난장판에 유일하게 남은 문사 나부랭이인 목원이라네."

"인사드리겠습니다. 소생은……."

"됐네! 됐어!"

연달아 손을 내저어서 이현이 공수를 못하게 한 목원이 눈을 빛내며 말했다.

"자로학관에서 수학을 했다면 주역(周易)쯤은 떼었겠구만?"

"…미천한 지식을 조금 배웠을 뿐입니다."

"이 난장판을 정리할 정도만 되면 되네."

"예?"

"미안하지만 지금 당장 업무에 들어가 줄 수 있겠는가? 보다시피 현재 여기엔 노부와 자네밖엔 없으니 말일세. 설명은 나중에 해줄 테니 지금은 노부를 좀 도와주게나."

"뭐부터 하면 될까요?"

"책상을 돌아다니며 주역의 역과 관계되어 있는 서류들을 하나도 빼놓지 않고 찾아서 노부에게 가져오면 된다네. 본래는 열 명이 넘는 군사전의 책사들이 맡아서 하던 일인데, 지금은 노부와 자네에게 몽땅 떠넘겨져 버렸구만."

"……."

이현이 공수한 후 책상 쪽으로 걸음을 옮기자 목원이 뻘쭘하게 서 있던 연서인에게 말했다.

"그리고 거기 있는 처자는 해남파 출신이라고 했던가?"

"예……."

"해남파의 제자라면 부상국 왜구와의 싸움이 일상일 테니, 병진과 병략에 대해서도 조예가 있을 터. 이 학사가 찾아낸 서류 중 역의 이치를 병진으로 풀어낸 것만 따로 추려주게나. 그럴 수 있겠지?"

"…예! 예!"

갑자기 엄해진 목원의 표정에 연서인이 연달아 대답하고 얼른 이현 쪽으로 달려갔다. 어째서인지는 모르겠으나 목원을 앞에 두자 흡사 학당의 학동이 된 것 같았다. 혹시라도 꾸지람을 들을까 봐 부지런히 움직일 수밖에 없게 되는 것이다.

그렇게 이현과 연서인은 한참 동안 목원을 도와서 서류 정리를 했다.

중간중간 목원은 두 사람이 헤매지 않게 단순 명쾌한 명령을 내렸는데, 무척 시의적절했다. 서류 정리 작업이 원활하게 진행되게 하는 데 무척 큰 도움이 되었다.

"다 됐다!"

이현에게 마지막으로 건네받은 서류를 분류해 목원에게 전달한 연서인이 두 팔을 번쩍 치켜 올렸다. 양쪽 겨드랑이가 어느새 축축하게 젖어 있었다. 그만큼 잠시도 쉬지 못하고 서류 작업에 집중했기 때문이다.

목원이 마지막 서류까지 꼼꼼하게 살펴서 분류한 후 힘겨운 표정으로 의자에 앉았다. 입에서 절로 신음이 흘러나온다.

"어이쿠! 늙은 뼈마디가 한꺼번에 비명을 터뜨리는구나! 이대로 드러누우면 내일 뜨는 해를 보지 못할 것만 같아!"

연서인이 얼른 그에게 달려갔다.

"목원 전주님, 제가 안마라도 해드릴까요?"

"돼, 됐네! 본시 남녀칠세부동석이라 했거늘! 이곳이 비록 무림의 세가라곤 하나 어찌 이 늙은이가 성현의 가르침을 저버릴 수 있겠는가? 이보게, 이 학사!"

"예?"

"자네가 와서 이 늙은이의 어깨하고 다리 좀 주물러 주게나."

'저노무 늙은이가!'

이현은 문득 살기가 이는 걸 느꼈으나 얼른 속으로 삭이고 목원에게 다가가 그를 안마했다.

팔과 다리의 요혈을 요령 좋게 주먹과 손바닥으로 두드리고, 지압해서 순식간에 목원을 풀죽처럼 늘어지게 만들었다. 비록 내력을 일으키진 않았으나 자연스럽게 추궁과혈의 수법을 사용했는데, 문득 깨닫는 바가 있었다.

'만성독약?'

그렇다.

이현은 목원을 추궁과혈하다 그의 몸속에 깃든 기묘한 기운을 감지했다.

익숙하면서도 낯선 기운!

바로 전날 천풍신도왕 북궁인걸과 북궁창성에게서 발견했던 만성독약에 중독된 증상이었다.

특히 목원이 지금 보이는 증상은 북궁창성보다는 북궁인걸에 가까웠다. 북궁창성같이 이차적인 방법으로 중독된 게 아니라 직접적으로 하독(下毒)을 당한 것이다.

멈칫!

상념에 젖어 이현이 추궁과혈을 중간에 멈추자 고양이가 갸릉거리는 것 같은 표정을 짓고 있던 목원이 나직하게 말했다.

"어째서 손을 멈추는가?"

"아, 죄송합니다."

"죄송할 건 없네만, 손은 멈추지 말게나. 곧 이 늙은 뼈마디를 제대로 사용할 때가 올 수도 있으니 말일세."

'의미심장한 말이로군.'

이현이 목원이 한 말을 내심 곱씹다가 다시 추궁과혈에 들어갔다.

이번에는 내공을 사용했다.

조금 더 직접적으로 목원의 몸속에 깃들어 있는 만성독약에 대해서 확인해 봐야겠다는 생각이었다.

그러자 다시 갸릉거리는 듯한 표정에 돌입해 있던 목원이 갑자기 목소리를 높였다.

"그만두게!"

이현이 추궁과혈을 멈췄다. 그러자 자연스럽게 목원의 몸속을 헤집고 다니던 그의 강대한 내력 역시 거짓말처럼 움직임을 멈췄다. 다시 이현에게 돌아온 게 아니라 목원의 몸속 깊숙한 경맥에 잠재된 상태로 가라앉은 것이다.

스윽!

목원이 이현 쪽으로 시선을 돌렸다. 그의 조금 흐리멍덩해 보이던 눈에 문득 맑고 투명한 혜광(慧光)이 떠올랐다. 이게 바로 천풍신도왕 북궁인걸이 삼고초려했던 대군사의 진짜 모습일 터였다.

"자네, 평범한 학사가 아닌 게로군?"

이현이 씨익 웃어 보였다.

"그러는 목원 군사님도 평범한 배신자는 아니지 않습니까?"

"평범한 배신자라……."

목원이 나직한 중얼거림과 함께 천천히 고개를 끄덕여 보였다.

"…확실히 노부는 평범한 배신자는 아니라고 할 수 있네. 아주 비루하고 못난 배신자라고 함이 옳을 것이야."

"그 비루하고 못난 배신자에게 묻고 싶은 게 있습니다만?"

"말해보게. 오늘 내 업무를 도와준 것에 대한 답례는 해야 하니까."

"첫째로……."

"첫째로? 노부는 그저 하나만 대답해 줄 생각이네만?"

"…두 개는 들어주셔야 합니다. 오늘 업무를 도와주었을 뿐만 아니라 시원하게 안마도 해드렸으니까요."

"그런 것까지 셈을 치는 것인가?"

"본래 학사란 족속들이 그러하지 않습니까? 어떤 것에도 대의명분이 있어야만 하고, 거기에 맞춰서 셈 역시 분명해야만 하지요."

이현이 한 말은 목연에게 수업 때 들었던 '군자의 대의명분론'을 제멋대로 해석한 것이었다. 당시 그는 반쯤 졸고 있었기 때문에 목연의 수업 중 극히 일부분밖엔 받아들이지 못했던 것이다.

다행이랄까?

목원 역시 평범한 학사는 아니었다. 그는 잠시 이현을 바라보다 피식 웃으며 고개를 끄덕여 보였다. 왠지 모르게 이현이란 사람과 대화하는 게 재밌다는 생각이 든 모양이다.

"뭐, 알겠네. 그럼 첫 번째 요구 조건을 말해보게나."

"첫째로 목원 군사님이 보기에 현재 북궁세가는 정도(正道)를 향하고 있습니까?"

"첫 질문부터 아주 수위가 세군."

"목원 군사님을 돕는 게 꽤 힘들었으니까요."

"흠."

턱을 손가락으로 몇 차례 쓰다듬은 목원이 신중한 표정으로 말했다.

"북궁세가는 현재 혼란기일세. 아마도 세가의 역사상 다시 찾기 힘들 정도로 큰 풍파에 시달리고 있다고 해야 옳겠지. 즉, 비상 시기란 것이네. 고대로부터 무수히 많은 왕조가 중원에 성립했으되, 비상 시기에는 항상 비상 시기의 법이 존재했다네. 정도란 건 비상 시기에는 어쩌면 너무 사치스러운 것일지도 모르지."

'교묘하게 내 질문에 대한 답을 벗어나는군. 하지만 뭐, 이건 대답을 들었다고 봐야겠지?'

이현이 내심 투덜대면서도 목원에게 트집을 잡진 않았다. 그가 에둘러 말하는 속에 현재 북궁세가의 비틀린 상황이 여실히 드러나고 있다는 판단이었다.

이현이 말했다.

"두 번째 질문을 하겠습니다. 목원 군사님은 천풍신도왕 북궁인걸에 대해서 어찌 생각하십니까?"

목원이 안색을 살짝 찌푸리며 이현을 바라보더니, 곧 입가에 가느다란 한숨을 매달았다.

"자네… 그만두는 게 좋겠네."

"안마요?"

이현이 목원의 어깨에서 손을 떼자 그가 어느 때보다 단호해진 목소리로 말했다.

"안마는 계속 해야지!"

"그럼 질문을 그만두라는 뜻이로군요?"

"그걸 굳이 길게 말해야 하는 건가? 노부는 자네의 재주를 아끼는 마음에 권고하는 걸세. 밖에서 무슨 말을 들었고, 어떤 자와 친교를 나눴는지는 모르나 북궁세가에 들어온 이상 언행에 각별히 조심해야만 할 것일세."

"그렇군요."

이현이 납득했다는 듯 고개를 끄덕여 보이고 첨언했다.

"그런데 제 어떤 재주를 아끼시는 겁니까?"

"그야……."

목원이 갑자기 말끝을 흐리더니, 슬그머니 화제를 돌렸다.

"…그런데 자네 진짜로 자로학관에서 온 학사인가?"

"나름 올해 치러진 서안성의 식년과를 우수한 성적으로 통과한 거인입니다만?"

"그럼 북경에 갔었겠구만?"

"가려다가 돌아왔습니다. 난에 휩쓸리는 건 그리 좋아하지 않는 성미라서요."

"즉, 자네는 이 난이 꽤나 오래 갈 거라 여기는 거로구만? 대과를 포기하고 무림세가에 의탁하러 온 걸 보면 말일세."

"책임질 사람이 많거든요. 같이 동문수학하던 사제라던가……."

"그렇군. 그래."

연달아 고개를 끄덕여 보인 목원이 다시 이현을 바라보며 말했다.

"그럼 마저 하던 일을 끝내주게. 그걸로 오늘의 업무는 종료하는 걸로 해줄 테니 말일세."

"그러죠."

이현이 군소리 없이 대답하고 다시 양손에 내력을 모아서 목원을 추궁과혈했다. 그의 몸속에 미리 침투시켜놨던 진기를 다시 일깨워서 기경팔맥과 십이정경 전체를 본래대로 활개치고 다니게 만든 것이다.

그렇게 얼마나 지났을까?

거의 절반쯤 졸면서 이현의 추궁과혈에 몸을 맡기고 있던 목원이 기지개와 함께 자리에서 일어났다. 이현이 추궁과혈을 끝내고도 한참 동안 거의 의식을 놓아버렸다가 불현듯 정신이 든 모양이다.

"으아함! 잘 잤다! 그럼 자네들은 여기서 청소라도 하면서 기다리고 있게나. 노부는 잠시 업무를 보고 돌아올 터이니까."

"어딜 가시는 겁니까?"

"천무각일세."

"천무각이라면……."

"본래는 가주 집무실이 있는 곳이네만, 지금은 수십 년 만에 북궁세가로 돌아온 미친 늙은이의 거처가 되었지. 그 미친 늙은이의 무서운 점은 평소에는 광기가 겉으로 드러나지 않아서 그냥 곱게 늙은 놈으로 보인다는 점이라네."

'천하제일도 북궁휘!'

이현이 내심 눈을 빛내고 은근한 표정으로 말했다.

"제가 군사님을 보좌하겠습니다."

"노부를 따라 천무각에 가겠다는 건가?"

"예."

"내 말을 이해하지 못한 모양인데, 현재 천무각에는……."

"겉으로 보기엔 곱게 늙은 것 같은 미친 늙은이가 있지요."

"…그런데도 굳이 노부를 보좌하겠다는 건가?"

"예, 현재 목원 군사님은 천무각까지 혼자서 가기 힘드실 테니까요."

"그게 무슨……."

목원이 의자에서 몸을 일으키다 노구를 가볍게 휘청거렸다. 이현이 추궁과혈을 하는 동안 잔뜩 불어넣은 내력의 여파가 아직 몸에 남아 있었기 때문이다.

그러니 본래대로라면 그는 이대로 내일 정오가 넘도록 그냥 늘어져서 잠을 자야만 했다. 그래야 이현이 불어 넣어준 내력이 온전히 몸속에 흡수되어 만성독약으로 약화된 그의 육체에 한동안이나마 활력을 불어 넣어줄 터였다. 적어도 이 한 번의 추궁과혈로 목원의 수명이 1년 정도는 늘어나게 된 것이다.

그러나 목원이 그 같은 점을 알 리 만무했다.

그는 잠시 힘겹게 몸의 중심을 잡고는 이현을 노려봤다.

"애초부터 이러려고 노부에게 안마를 해줬던 거로구만?"

"그런 위험부담을 감수하고서 제게 안마를 종용하셨던 거잖습니까?"

"크흐음!"

한마디도 지지 않는 이현을 못마땅하게 바라보던 목원이 손을 휘휘 저어 보였다.

"됐네! 됐어! 권주는 피하고 벌주를 굳이 마시겠다니, 내 어찌하겠는가! 노부의 몸이나 부축하게나!"

"예."

이현이 얼른 목원을 부축했다. 그리고 재빨리 전음으로 연서인에게 말했다.

[연 소저는 이곳에서 기다리다가 혹시 북궁세가가 시끄러워지면 날 기다리지 말고 탈출하도록 하시오!]

[저도 따라가겠어요!]

[연 소저는 아직 내공이 반박귀진(反樸歸眞)에 도달하지 못해서 안 되오!]

반박귀진이란 무공의 경지가 초절정인 노화순청을 넘어 더욱 높은 경지에 도달한 것을 뜻한다.

이 경지에 이르면 한서(寒暑)가 불침하며 진기가 끊어지지 않고 계속 이어지는데, 겉으로는 오히려 바람 없는 호수처럼 평온해지게 된다. 즉, 내공의 수련 정도가 평소에 겉으로 드러나지 않게 되는 것이다.

무림에서는 이 반박귀진을 천하를 오시하는 초절정. 그중에서도 절대지경을 바로 앞에 둔 후반부로 보는데, 그만큼 무인으로선 이루기 힘든 꿈의 무학 경지라 할 수 있었다.

당연히 무공이 간신히 절정 초입에 도달해 있는 연서인은 갑자기 말문이 막혔다. 이현이 언급한 반박귀진이란 말에 어떠한 말도 할 수 없게 되었다.

[이 공자님, 조심하세요!]

[염려 마시오. 이곳이 제아무리 용담호혈이라 한들 자금성의 생사결보다는 못할 테니 말이오.]

자신만만한 대답과 함께 연서인을 문덕전에 떼어 놓는 데 성공한 이현은 목원을 부축한 채 천무각으로 향했다.

천하제일도 북궁휘!

한 세대가 넘도록 천하제일인의 자리를 지키고 있는 운검진인과 함께 수십 년 전 이미 검도쌍신으로 함께 거명되었던 절대고수!

이현이 오늘 위험을 무릅쓰고 귀문이나 다름없게 변한 북궁세가에 뛰어든 진정한 목적은 다름 아닌 그를 보기 위함이었다. 직접 자신의 눈과 오감을 통해 북궁휘란 거인이 어떤 사람이고, 어떤 상태인지를 확인해야만 한다고 여겼기 때문이다.

'자! 그럼 제대로 미친 늙은이를 보러 가볼까?'

이현이 어깨를 가볍게 추어 보였다. 북궁휘를 떠올리는 것만으로 절로 몸에 힘이 들어가는 느낌이었다.

그러자 목원이 퉁명스럽게 말했다.

"부축을 하려거든 잘 좀 하게나!"

"예."

"그리고 몸에 깃든 힘, 좀 더 빼! 젊은 나이에 황천으로 직행하고 싶지 않거든!"

목원의 책망 섞인 노파심에 이현이 씨익 웃었다.

"목원 군사님, 너무 걱정하지 마십시오. 군자는 대로행이고, 호랑이는 생각 이상으로 강하고 교활하니까요."

"쯔쯧, 어디서 이상한 말만 주워 들어가지구! 암튼 노부를 원망하진 마시게!"

"예."

이현이 대답과 함께 목원의 말대로 몸에서 힘을 뺐다. 아직 마음 한구석엔 흥분이 남아 있었으나 눈빛은 평소보다 훨씬 차분해지고 있었다.

* * *

천무각(天武閣).

멀리서부터 북궁세가를 귀문처럼 보이게 만들었던 원인이 바로 이곳임을 이현은 바로 알아봤다.

무수히 많은 고루거각이 넘쳐나는 북궁세가.

그중에서도 천무각은 주변을 군계일학(群鷄一鶴)의 자태를 자랑하고 있었다.

삼 층 높이의 전각은 주변을 둘러싼 건물들에 비해 그다지 특별할 게 없어 보이나 방위 자체가 독특했다.

자연스럽게 북궁세가의 모든 길과 건물이 이 천무각을 향해 연결되어 있었고, 그 실체를 바로 앞에 도착할 때까지 파악하지 못하게 자리 잡고 있었다.

'팔괘로군.'

이현이 천무각 주변에 펼쳐져 있는 기문진법의 기본 원리를 한눈에 알아보고 내심 뿌듯한 표정이 되었다.

그의 북궁세가 방문은 이번이 두 번째였다.

첫 번째 방문은 출종남천하마검행 때인데, 당시 그는 기세 좋게 북궁세가에 숨어들었다가 며칠간 낭패를 당해야만 했다. 팔괘를 바탕으로 한 북궁세가의 기문진법을 파훼하지 못해서 눈앞에 보이는 천무각은 고사하고 외곽만 쳇바퀴처럼 돌아야 했기 때문이다.

그러니 당시 천풍신도왕 북궁인걸과 만나서 대결을 펼쳤던 건 거의 천우신조(天佑神助)에 가까웠다. 우연히 그와 마주하게 되었고 시비를 걸어서 대결이 성사됐던 것이다.

'역시 그동안 죽어라 공부한 보람이 있단 말이지!'

이현이 내심 고개를 끄덕이고 있을 때였다.

그에게 부축받아 천무각으로 향하는 동안 어느 정도 기력을 회복한 목원이 손을 내저으며 입을 열었다.

"이제 되었네. 노부 혼자서 걸을 수 있으니까 몇 걸음 떨어지도록 하게나."

"그러지요."

이현은 목원에게서 손을 떼고 몇 걸음 물러났다. 그러자 갑자기 눈앞의 전경이 사정없이 변화하기 시작했다.

그건 흡사 만화경이랄까?

순식간에 수십, 수백 개가 넘는 장면들이 모였다가 사방으로 흩어져 버리는 광경에 이현은 몸이 가볍게 굳는 걸 느꼈다. 아주 잠깐 동안이나마 기문진법의 화려한 변화에 대응책을 찾을 수 없었던 것이다.

파파팟!

이현의 전신에서 자연스럽게 무형지기가 흘러나왔다. 혹시 있을지 모를 적의 공격에 대응하기 위한 변화였다. 그는 이미 자금성의 파양대전에서 벌어졌던 생사결에서 이와 같은 경험을 해본 적이 있었다. 꽤나 살벌한 방법을 통해서 말이다.

스슥!

그때 목원이 몇 걸음을 옮겨서 이현의 앞에 다시 모습을 드러냈다. 찰나나 다름없는 시간 만에 천무각 주변에 펼쳐져 있는 기문 진법을 모조리 해제해 버린 듯하다.

"우와!"

이현이 진심이 담긴 탄성을 발했다. 목원이 천하제일세가의 총군사이자 천풍신도왕 북궁인걸이 삼고초려한 대학자란 걸 새삼스레 인지했기 때문이다.

목원이 노구를 가볍게 으쓱해 보였다.

"허허, 그렇게 존경 어린 시선으로 바라볼 필요 없다네. 이런 기문진법 정도 해제하는 건 그리 대단한 재주도 아니니 말일세."

"대단한 것 같습니다만?"

"그럼, 계속 존경하게나. 자네가 진심으로 그렇게 생각한다면 어쩔 수 없는 일이겠지."

'왠지 앞에 한 말보다 뒤에 한 말이 진심 같은데?'

이현이 목원에 대한 존경심이 반감되는 걸 느끼며 화제를 돌렸다.

"목원 군사님, 그런데 이곳에 펼쳐진 기문진법은 팔괘를 바탕으로 한 것입니까?"

"자네 말대로일세. 팔황구벽진(八荒九闢陣)일세. 촉한(蜀漢)의 천인(天人)인 제갈 승상이 만든 팔진도(八陣圖)를 노부가 개조한 것이지. 자네 보기에 쓸 만해 보이는가?"

팔진도는 촉한의 명승상인 제갈량이 군사를 거느리고 전쟁을 수행하는 가운데 역대 병가(兵家)들의 진법(陣法)을 계승 발전시켜 연구해낸 독특한 진법이다. 후세에 사료의 부족과 당,

송 이래 기이한 것만 찾아다니던 많은 사람들의 부회(附會)와 신화(神化)로 말미암아 허황해졌다는 게 정설이었다.

그러나 후세의 무수히 많은 병법가들과 군사의 재능이 있는 자들에게 있어 제갈량의 팔진도는 필수적인 연구 과제였다.

팔진도에는 제갈량이 병사를 훈련시키고 행군, 숙영하거나 싸움을 할 때 각기 다른 여러 가지 상황에 대비하여 만든 군사 배치와 작전 방안이 모두 담겨 있었기 때문이다.

그래서 이현 역시 주역을 배울 때 팔진도에 대해선 어느 정도 숙지해 놓은 상태였다. 출종남천하마검행을 할 때 항상 애를 먹었던 게 무림의 기문진법이기에 다른 공부보다 훨씬 집중해서 배웠다.

'그런데 이게 팔진도에서 나온 거라고? 내가 배웠던 것과는 전혀 다른데?'

이현은 천무각 주변의 지형지물 배치를 눈으로 살피다 내심 고개를 가로저었다. 맨 처음 팔괘의 흔적을 발견했던 때와 달리 갈수록 머릿속이 복잡해져 왔다. 점차 머릿속에서 정리되어져 있던 팔괘의 방위 자체가 뒤죽박죽되어 가는 듯했다.

그때 목원이 냉정하게 말했다.

"자네는 역시 학사로서의 소양은 많이 떨어지는구만."

"그런가요?"

"그렇네. 타고난 천품은 무척 훌륭하나 기질 자체가 책상

물림 할 서생의 것이 아니야."

"……."

"뭐, 어쨌거나 해진을 하느라 좀 지쳤구만."

목원이 손을 내밀자 이현이 얼른 그를 다시 부축했다.

방금 전까지 이현은 목원의 몸속에 자신의 진기를 주입해서 추궁과혈했다. 그의 몸이 지독한 만성독약에 완전히 너덜너덜해져 있음은 익히 알고 있었다. 천무각 주변에 펼쳐져 있는 팔황구벽진을 해진하며 생각 이상으로 체력과 심력을 동시에 사용했으리란 짐작은 쉬웠다.

그렇게 목원을 부축하고 이현은 천무각 안으로 들어섰다.

저벅! 저벅!

문덕전의 몇 배 정도는 될 정도로 큰 천무각의 대전 안은 기이할 정도로 고요했다. 대전을 들어서자마자 거대한 회랑이 삼 층까지 이어져 있었고, 몇 개나 되는 방과 독립적인 거실이 존재했다. 족히 수백 명 정도는 한꺼번에 수용할 수 있는 규모의 건물인 것이다.

'그런데 이곳도 문덕전처럼 사람의 기운이 느껴지지 않는군. 북궁세가의 다른 건물들과는 달리 말이야.'

이현은 완전히 기운을 죽인 상태임에도 느껴지는 천무각의 이질감에 내심 눈살을 찌푸렸다. 기감을 확장시켜서 이곳의 주인인 북궁휘란 존재가 가지고 있는 무게를 정확하게 파악하고 싶다는 충동을 억누르기 힘들었다.

그때 목원이 그런 이현의 내심을 읽기라도 한 듯 단호하게 말했다.

"문덕전을 벗어날 때 노부가 한 말을 잊지 않았겠지?"

"물론입니다."

"대답 하나는 시원하다."

퉁명스러운 한마디와 함께 팔을 흔들어 부축하고 있던 이현을 떨어지게 한 목원이 카랑카랑한 목소리로 소리쳤다.

"태상가주, 명하셨던 자료를 가져왔소이다! 여기 자료를 놓고 갈 테니까 그리 아시구려!"

"……."

실제로 목원은 휘청거리며 대전의 중심부로 걸어가 들고 있던 서류 더미를 바닥에 내려놓았다. 굳이 북궁휘의 얼굴을 보고 싶지 않은 듯했다.

그런데 그가 신형을 돌려세울 때였다.

쾅!

천무각의 회랑이 이어져 있던 삼 층에 있던 방문이 박살 나며 무지막지한 기파가 쏟아져 나왔다.

'우웃!'

이현은 내심 긴장했다. 그만큼 갑작스레 삼 층에서 회랑 밑으로 회오리치며 쏟아져 내린 기파에 담긴 기운은 장난이 아니었다.

흡사 포효하는 창룡과 같은 기세!

대막에서 우연히 만났던 용권풍의 직격과 같은 기운!

그 모든 것이 회랑을 통해 쏟아져 내리는 기파에 담겨 있었다.

'게다가 이 기운, 예측불허할 정도의 힘이 담긴 주제에 무척이나 정련되어져 있다! 이 패도적이고 광범한 범위를 아우르는 기파가 언제 하나의 바늘처럼 변할지 알 수 없어!'

이현이 느낀 건 오직 절대지경에 오른 자만의 심상이었다.

종남파 조사동에서 오랫동안 묵상 속에 행했던 운검진인과의 심상비무를 통해 몸 전체에 각인된 일종의 기억이었다. 어떠한 것으로도 설명하기 힘든 심득, 그 자체나 다름없었다.

스윽!

그래서 이현은 움직였다.

파팟!

무형의 검기 역시 만들어냈다.

파라라라랑!

그의 손끝에서 일어난 기경이 순간적으로 목원이 바닥에 내려놓은 서류를 움직였다. 용수철에 튕겨지듯 하늘로 날아오르게 했다. 차곡차곡 쌓여 있던 두꺼운 서류 더미를 분해해 사방팔방으로 휘날리게 만들었다.

스파앗!

그리고 그중 하나의 종잇장!

어느새 이현의 손에 들어온 그 얄팍한 종잇장이 회랑에서 떨어져 내린 기파의 폭포수를 일도양단했다.

"으헉!"

물론 이현은 허수아비처럼 허술하게 서 있던 목원을 뒤로 밀어붙이는 것 역시 잊지 않았다. 분명 그를 노리며 떨어져 내린 이 기파 중 일부분만으로도 치명상을 입게 될 게 분명했기 때문이다.

쩡!

그때 천무각의 내부에서 날카로운 굉음이 일어났다. 이현이 휘두른 지검(紙劍)과 거대한 기파가 충돌한 순간 그렇게 되었다.

물론 그것만으로 끝일 리 없다.

슥!

잠영보를 이용해 신형을 뒤로 물림으로써 기파와 충돌하며 일어난 반탄력을 상쇄시킨 이현이 바로 신형을 공중으로 띄워 올렸다.

일학충천(一鶴衝天)!

그보다는 한 마리 독수리처럼 이현은 회랑 위로 뛰어올랐다. 수중의 지검과 검신합일을 이룬 채 여전히 강대한 기파를 거슬러 올라갔다. 일학충천에 이어 금리도천파(金鯉渡穿波)의 신법을 동시에 사용해 낸 것이다.

그러자 그 모양새는 흡사 한 마리 금빛 잉어가 거칠고 사나운 격류를 헤엄쳐 오르는 것과 다름없었다. 딱 그런 식으로 이현은 강대한 기파를 뚫고 천무각의 삼 층으로 뛰어올랐다. 격류나 다름없는 기파의 소용돌이로부터 솜씨 좋게 자신의 몸을 방어해내는 데 성공했다.

그런데 이현이 막 삼 층에 오른 것과 동시였다.

패앵!

방금 전까지 거대한 천무각을 가득 메우고 있던 기파가 순식간에 종적을 감추더니, 곧 하나의 날카로운 도기를 만들어 냈다.

'온몸이 양단된다!'

이현은 내심 기함을 터뜨리며 수중의 지검을 휘둘렀다.

위에서 아래로.

그리고 다시 사선을 그리며 어긋난 십자의 모양.

만(卍)의 형태를 이룬 이현의 지검이 자신을 노리며 날아든 도기를 옆으로 흘려보냈다. 도기에 담겨 있는 강대한 기운과 맞상대하지 않고 직격만 피하게끔 검기의 그물을 펼쳐낸 것이다. 천하삼십육검의 절초 천하도괘(天下道罫)로 말이다.

티앙!

기파가 응축된 무형의 도기가 날카로운 굉음과 함께 이현의 몸을 스쳐 지나갔다. 천하도쾌가 만들어낸 만 자 형태의 검기가 다시 바둑판 형상의 그물을 만들어내 도기에 실려 있던 패도적인 기운을 흐트러뜨리고 분산시킨 것이다.

욱씬!

이현은 손목이 박살 나는 것 같은 통증을 느꼈다. 천하도쾌로도 무형의 도기에 실린 기운을 완전히 분산하는 데 실패했다. 도기에 실려 있던 패도지기가 손목에 타격을 가한 후 곧바로 팔을 따라 올라와 오른쪽 어깨까지 치솟아 올랐다. 이대로 놔두면 반신을 완전히 마비시켜 버리고 말 터.

"하압!"

이현의 입에서 짧은 일갈이 터져 나왔다. 그리고 동시에 몸 전체로 확산된 현청건강기!

파앗!

종남파의 내공 중 가장 호신에 최적화된 현청건강기가 오른손을 통해 침투해 들어온 무형의 패기를 눌러 버렸다. 찰라간에 몸의 반신이 마비되는 걸 방어해낸 것이다.

당연히 이젠 이현의 차례였다.

흔들!

현청건강기로 호신을 완성해 낸 이현이 상반신을 가볍게 흔드는 것과 동시에 잠영보를 펼쳤다. 이형환위를 뛰어넘는 속도로 무형의 도기가 날아든 방을 향해 파고들었다. 그곳에 천하제일도 북궁휘가 있음을 확신하고서 말이다.

쾅!

그러나 그때 또다시 놀라운 반전이 일어났다.

이현이 파고들던 방으로 향하던 복도의 벽을 뚫고 찬연한 빛으로 둘러싸인 장도가 날아들었다. 바로 이현의 옆구리를 꿰뚫어 버릴 궤적을 그리면서.

"망할!"

이현의 입에서 절로 욕설이 터져 나왔다. 숭인학관에 들어가 학사가 된 후 욕설을 경계했던 것치고는 아주 찰지다.

어쩔 수 없다.

푸확!

이현이 벽운천강수로 막았으나 역부족이었다. 벽운천강수에 실린 수강을 빛으로 둘러싸인 장도는 간단히 뚫어버렸다. 단숨에 수강을 부수고 이현의 손바닥에 커다란 구멍을 만들었다.

"큭!"

이현이 신음과 함께 신형을 뒤로 뒤집었다. 손바닥을 뚫은 것도 모자라 여전히 맹렬한 기세를 품은 장도가 옆구리를 노리며 파고들어 왔기 때문이다.

빙글!

뚜둑!

이현이 뒤로 신형을 회전한 것과 동시에 왼쪽 어깨가 탈구되었다. 장도의 날이 절반이나 손바닥을 뚫고 있는 상태로 회피 동작에 들어가느라 어깨의 회전근과 관절을 보살필 여유가 없었기 때문이다.

그럼 장도는?

파팟!

이현이 천하삼십육검의 천하도도를 형성하고 있던 지검을 장도에 박아 넣었다. 그렇게 함으로써 파죽지세(破竹之勢)나 다름없던 장도의 진격을 막아낼 수 있었다.

슥!

그러자 거짓말처럼 이현의 수장을 빠져나가는 장도!

휘리릭!

第三章

병기도 없는 후배에게 이게 무슨 짓이냐!

장도는 공중에 뜬 상태 그대로 기민한 변화를 보였다.

슥!

단숨에 뒤로 삼 장이나 물러난 이현이 보는 앞에서 장도는 살아 있는 생명체처럼 회전을 보였다. 어떤 방향으로 날아들지 짐작조차 못 하게 하는 기괴한 궤적!

그러다 이윽고 움직임을 멈춘 장도가 정확히 이현의 미간을 노리며 공중에 고정되었다.

아주 잠깐 동안만!

스파앗!

그리고 곧바로 장도가 움직였다.

언제 동작을 멈추고 홀로 공중에 고정되었냐는 듯 장도가 찬연한 빛에 휩싸였다.

태양이 폭발하면 이러할까?

일시지간 이현은 찬연한 빛에 휩싸인 장도를 정확하게 확인할 수 없었다. 그만큼 장도에서 폭발적으로 확산된 빛은 너무나 강렬했다. 아주 오래전부터 동공(瞳功)을 연마하여 태양 빛조차 직시할 수 있는 수준에 오른 이현조차 타오르는 백광에 눈이 멀어버릴 지경이었다.

그래서 이현은 선택했다.

번쩍!

채 절반도 남지 않은 지검을 이현은 벼락같이 휘둘렀다.

천하삼십육검 절초 천하도사!

지검에서 누에가 실을 뽑듯 일어난 가느다란 검기가 사선을 그리며 떨어져 내렸다. 이현과 찬연한 광채에 휩싸인 장도 사이의 공간을 기쾌하게 단절시켰다.

스윽!

그리고 재빨리 신형을 무너뜨리며 바닥을 구른 이현.

섬뜩!

눈이 먼 상태에서도 이현은 느낄 수 있었다. 평생 본 적이 없는 날카롭고 강렬한 기운 하나가 방금 전까지 그가 머물러 있던 장소를 스쳐 지나갔음을 말이다.

'피했다!'

이현이 내심 소리 질렀다.

뒹굴!

그와 함께 그는 신형을 일으켜 세웠고, 다시 수중의 지검을 휘둘렀다.

천하도도! 천하성산! 천하도사! 천하성진!

이현의 검 인생 중 처음이다.

완성시키지도 못한 천하삼십육검의 절초를 이런 식으로 연속해서 연환시키는 건.

당연히 그 위력은 상상 그 이상!

연달아 네 개의 검초가 연환한 순간, 천무각 삼 층의 한쪽 벽면이 단숨에 대폭발을 일으켰다. 천하삼십육검의 네 개 검초가 고리처럼 연결되어 검강을 흡사 검기처럼 넓은 범위까지 뻗어 나가게 만들었기 때문이다.

그러자 드디어 모습을 드러낸 백발의 준미한 노인.

'북궁휘!'

이현이 내심 소리 지른 순간 그의 손에 예의 장도가 공간 자체를 가로지른 듯 모습을 드러냈다. 이현이 펼친 천하삼십육검의 연환 검초에도 불구하고 북궁휘나 그의 장도에는 어떠한 타격도 입히지 못했음이 분명하다.

'이거… 위험할지도 모르겠는데?'

이현이 북궁휘를 바라보며 내심 눈살을 찌푸렸다. 문득 그의 뇌리로 이가장에 놔두고 온 청명보검이 떠올랐다. 화산파로 운검진인을 상대하러 갈 때 들러서 패용할 생각이었는데, 상황이 아주 난감하게 되었다.

화산파는 정체불명의 무리에게 기습을 당해서 봉문당했고, 현재 그의 앞에는 운검진인과 명성을 같이 하던 천하제일도 북궁휘가 살기등등한 모습으로 서 있는 것이다.

'살기등등? 전혀 그렇게 보이진 않는데…….'

이현이 내심 생각을 정리하다 고개를 갸웃해 보였다.

눈앞의 북궁휘.

길고 윤기 흐르는 백발을 제외하면 절대 사십을 넘지 않아 보일 정도로 잘생기고 또 잘생겼다. 손자인 북궁창성이나 꽃미모를 자랑하던 악영인과 비교해도 결코 못하지 않은 외모였다. 그들과의 나이 차이가 한 갑자는 될 터인데도 그렇게 보인다는 뜻이다.

그래서 과거 북궁휘의 무명에는 한동안 미도객(美刀客)이란 별칭이 항상 따라붙었다. 그만큼 젊은 시절의 그는 천하무쌍의 미남자였다.

'그런데 지금은 제 손자를 죽여 버린 미친 늙은이일 뿐이라니! 인생무상이라고 해야 하려나?'

내심의 중얼거림과 함께 이현은 문득 화가 치밀어 올랐다.

북궁휘!

과거의 미도객이자 현재의 천하제일도!

영락(零落)해 버린 과거의 절대무인이 현재 자신의 눈앞에서 전혀 그렇지 않은 것처럼 서 있는 게 보기 싫었다. 마치 자신이 영락하지 않았다는 듯 구는 것에 화가 났다.

파아앗!

잇달아 완성시키지 못한 천하삼십육검을 펼친 대가로 걸레짝처럼 너덜너덜해진 지검이 다시 생생하게 살았다. 이현이 북궁휘에게 분노를 일으킨 것과 동시에 새로운 생명력을 부여받은 듯했다.

그리고 막 이현이 북궁휘를 공격해 들어가려 할 때였다.

"심마."

'심마?'

이현이 허를 찔린 듯 움찔하는 사이 북궁휘가 수중의 장도를 살짝 들어 올리더니, 곧바로 돌진해 들어왔다.

극쾌!

단 한 번도 본 적이 없는 쾌속의 도법에 이현은 제대로 된 반응조차 할 수 없었다.

'차, 창파도법?'

이현이 내심 탄성을 발한 것과 동시였다.

서걱!

벼락같이 이현의 면전까지 파고든 북궁휘의 장도가 너덜너덜해져 있던 지검을 잘라 버렸다. 이현에게서 호흡을 빼앗고, 선공을 빼앗고, 마지막으로 그의 병기까지 빼앗아 버린 것이다.

"큭!"

이현이 그제야 반응을 보이며 뒤로 신형을 물렸다. 잠영보에 부운신공의 묘수를 더했다. 필사적으로 북궁휘와의 간격을 벌리려는 몸부림이었다.

그러나 그때 북궁휘가 다시 장도를 휘둘렀다.

'일도천폭!'

이현이 내심 소리 지르며 재차 신형을 뒤로 날렸다. 천풍신도왕 북궁인걸과 대결하고, 북궁창성의 연무를 쭉 지켜봤기에 가능한 회피 동작이었다.

벼락같이 강하고 빠른 북궁휘의 창파도법!

그걸 연달아 피해내는 이현.

두 사람은 어느새 일반인의 시력으론 결코 파악이 불가능한 공수를 겨루기 시작했다. 공격하는 자와 방어와 회피를 병행하는 자 간에 숨바꼭질이라 할 수 있었다.

그러다 갑자기 상황이 급변했다.

쿵!

이현의 등이 벽에 부딪혔다. 상상을 초월할 정도로 패도적이고 공격적인 북궁휘의 창파도법을 피하다가 스스로 막다른 골목으로 들어서 버린 것이다.

그리고 그때를 놓치지 않고 파고든 북궁휘의 장도!

푸욱!

이현이 배를 뚫고 파고든 장도의 날을 손으로 붙잡은 채 북궁휘에게 버럭 소리 질렀다.

"비겁한 늙은이! 병기도 없는 후배에게 이게 무슨 짓이냐!"

"……."

북궁휘의 눈동자가 흔들렸다. 그리고 이현의 태양혈로 날아든 그의 손날!

퍽!

이현이 고개를 숙이고 혼절했다.

무림에 나온 후 처음으로 맞이한 패배! 완벽한 패배였다!

* * *

"크헉!"

이현은 갑자기 배가 불에 데인 것처럼 아파와 고통에 찬 비명을 터뜨렸다.

이런 고통, 정말 오랜만이다.

과거 자잘한 상처를 꽤나 많이 당해봤는데도 통증의 정도가 완전히 다른 영역이었다. 겉가죽만 아픈 게 아니라 내장 깊숙한 곳에서 찌르는 듯한 통증이 연속적으로 치솟아 오르고 있었다. 마치 잘 갈린 칼날로 천천히 다지는 것처럼 말이다.

번쩍!

그래서 이현은 바로 눈을 떴다.

고통 때문에 자연스럽게 정신이 돌아온 것이다.

그러자 기다렸다는 듯 그의 귀로 나직한 목소리가 들려왔다.

"정신을 차리자마자 이 난리라니! 이럴 줄 알았으면 마약을 먹여서 더 재워놓을 걸 그랬구만……."

'이 목소리는…….'

이현은 지독한 통증을 느끼는 중에도 어디에서 들어본 것 같은 목소리란 생각이 들었다.

누굴까?

누가 북궁휘에게 중상을 당한 그의 곁을 지키고 있었던 것일까?

이현은 억지로 고개를 돌려서 목소리 주인을 확인하려다 눈살을 찌푸렸다. 자신의 의지로 몸을 움직이려다 다시 지독한 통증을 느꼈기 때문이다.

그러나 이번엔 이를 악물었다.

그렇게 고통을 참아냈다.

그러자 다시 예의 목소리가 들려왔다.

“노부가 제대로 치료하긴 한 모양이구나! 노부가 한 말을 듣고 신음을 멈춘 걸 보면 말이야!”

‘노부?’

이현은 불현듯 목소리의 주인이 목원이란 걸 깨달았다. 그의 목소리와 특유의 말투가 머릿속에 생생하게 기억난 것이다.

“목원 군사님?”

이현의 힘겨운 질문에 목원이 천천히 고개를 끄덕여 보였다. 그리고 그는 신형을 일으켜서 자신의 얼굴을 이현에게 보여줬다.

“살아나서 다행일세.”

“군사님이 절 구해준 것입니까?”

“반은 맞고, 반은 틀리네.”

“예?”

"자네를 치료해서 살려놓은 건 노부가 한 일이 맞네. 하지만 자네를 천무각에서 죽이지 않고 살리게 한 건 바로 태상가 주라네."

"북궁휘!"

이현이 저도 모르게 버럭 소리 지르고 잔뜩 인상을 썼다. 소리를 지르자 상처 부위에 더욱 극심한 통증이 일었다. 마치 예리한 칼날로 배를 계속 쑤셔대는 것 같았다.

이현이 알아서 입을 다물자 목원이 상처 부위를 손으로 매만지고는 나직이 혀를 찼다.

"쯔쯧, 모양뿐이나 학사를 자처하던 자가 이렇게 성격이 불같아서야 되겠는가?"

"칼에 배를 찔리면 다 이렇게 됩니다."

"거 사람 참. 물에 빠지면 입만 둥둥 뜨겠구만. 어째 정신을 차리자마자 노부에게 단 한마디도 지려 하지 않는가?"

"그러게 말입니다."

이현이 반성하는 의미로 언성을 낮추고 주변을 둘러봤다. 그와 함께 북궁세가에 잠입했던 연서인이 걱정되었기 때문이다.

목원이 그 같은 이현의 속내를 읽은 듯 말했다.

"자네가 데려온 계집아이는 걱정할 것 없네. 노부가 이미 몰래 북궁세가 밖으로 내보냈으니 말일세. 생각보다 말귀를 잘 알아듣는 아이더군."

'뭐, 금의위 소속이니까…….'

내심 안도의 한숨을 내쉰 이현이 본격적인 질문에 들어갔다.

"목원 군사님, 제가 얼마나 의식을 잃었던 겁니까?"

"보름."

"보름이나요?"

"보름뿐이겠지."

이현의 말을 살짝 정정한 목원이 팔짱을 상처 부위에서 손을 떼고 어깨를 으쓱해 보였다.

"자네가 덤벼든 건 단 혼자서 당대의 천하제일세가를 뒤집어 놓은 인세의 괴물일세. 그자는 느닷없이 북궁세가에 나타나서 전대 가주의 적장자이자 후계자인 북궁준영 대공자와 그를 따르던 일파 전체를 몰살시켰네. 당시 북궁세가에서 죽어나간 전력은 무려 삼 할 이상! 그 후 소문을 듣고 북궁세가로 찾아온 방계와 북궁준영 대공자의 외가 쪽의 세력 역시 그 괴물에게 대부분 똑같은 꼴을 당했는데, 그게 이 할가량! 즉, 요 수개월 동안 북궁세가 전체 전력의 오 할 이상을 태상가주란 괴물이 세상에서 없애 버린 거라네."

"……."

"그런데 자네는 그 괴물과 천무각에서 혼자서 맞상대를 했고, 놀랍게도 꽤나 그럴듯하게 싸우기까지 했네. 그 괴물이 북궁세가에 돌아온 후 가장 싸움다운 싸움이었달까? 아무튼 그런 싸움 끝에 배가 뚫리는 중상까지 입었으니, 보름 만에 자네가 의식을 회복한 건 거의 기적이나 다름없는 일이라는 걸세."

'내 기억엔 그냥 북궁휘에게 도망 다니다가 일방적으로 쥐어 터진 것 같았는데…….'

"그래서 말인데, 자네 정체가 뭔가?"

진지해진 목원의 얼굴을 올려다보며 이현이 살짝 화제를 돌렸다.

"그런데 목원 군사님, 그럼 현재 북궁세가에 남은 자들은 모두 북궁휘에게 굴복한 상태인 겁니까?"

"대충 그렇다고 봐야겠지. 그렇지 않은 자들은 모두 노부가 북궁세가에서 쫓아냈으니까."

"아! 그래서 군사전이 그렇게 텅 비어 있었던 거로군요?"

"선비나 학사란 자들이 본래 좀 꼬장꼬장하지 않던가? 특히 군사전에서 일하던 자들은 대개 노부가 뽑은 인재 중의 인재라서 목에 칼이 들어와도 아닌 건 아닌 족속들뿐이었다네."

"그렇군요."

이현이 고개를 끄덕여 보이다 고개를 갸웃했다.

"그런데 어째서 군사전에 들일 학사와 모사들을 모집한 겁니까?"

"내가 쓸 사람이 부족해서 모집했지. 태상가주란 괴물놈이 갑자기 노부에게 하도 여러 가질 시켜대서 말이야."

"즉, 자기가 아끼는 사람은 북궁세가에서 죄다 탈출시키고, 생면부지(生面不知)의 학사들을 이 마굴에 들어오게 해서 일신의 안위를 꾀했다는 거로군요?"

"말이 지나치네! 일신의 안위를 꾀하다니!"

"아닌가요?"

이현이 살짝 꼬인 심사를 담아서 쳐다보자 목원이 연달아 헛기침을 터뜨렸다.

"험! 험! 사람 무안하게 하는 법을 잘 아는 친구로군."

"무안하셨습니까?"

"……."

"무안하셨군요."

이현이 스스로 질문과 수긍을 동시에 진행하자 목원이 이맛살을 찌푸렸다. 그에게 자신이 왠지 끌려가는 것 같아서 심사가 살짝 뒤틀린 것이다.

"그런 식으로 노부를 대하다가 크게 후회할 걸세."

"죽기밖에 더 하겠습니까?"

"죽고 싶어서 북궁세가에 찾아온 것인가?"

"아니요."

"그럼 어째서 그런 말을 하는 건가?"

"목원 군사님을 믿을 수 있는지 확인하고 싶어서 그랬습니다."

"날 믿을 수 있는지 확인하고 싶었다?"

"예."

"그래서 어떤 결론을 내렸는가?"

"믿어 보기로 했습니다."

"어째서?"

"그 외에 다른 도리가 없으니까요."

이현의 솔직 담백한 대답에 목원이 다시 헛기침을 터뜨리고 고개를 절레절레 흔들었다. 이현에게 말로는 못 당하겠다는 생각이 들었기 때문이다.

"그럼 이제 본론으로 들어가세. 자네의 정체와 목적에 대해서 말해 주게."

"저는 북궁창성의 친구입니다."

"2공자의 친구? 그렇다면 자네가 바로 숭인학관의……."

"예, 저는 자로학관이 아니라 숭인학관에서 북궁창성과 함께 동문수학한 학사입니다."

"……."

"그리고 청양에서 북궁세가의 잠영은밀대를 몰아냈던 장본인이기도 하지요."

"그렇다면 말이 되는군. 잠영은밀대주인 북궁한성이 청양에서 평생 처음 보는 초고수를 만나서 아주 혼꾸멍났다는 얘기는 노부도 익히 들어서 알고 있었네. 그런데 그 초고수가 자네같이 새파랗게 젊은 학사란 말은 듣지 못했구만."

"북궁한성은 의심했던 걸 테지요."

"의심?"

"겉으로 보이는 제 모습이 진짜가 아니라고 말입니다."

"정말 그런가?"

"반반입니다. 북궁한성의 의심은 반은 맞고, 반은 틀립니다."

"갈수록 말을 알쏭달쏭하는구만. 뭐, 그건 그렇고. 그래서 자네는 2공자의 부탁을 받고 북궁세가에 염탐을 온 것인가?"

"창성이를 아끼긴 하나 단지 그 이유만으로 북궁세가에 온 것은 아닙니다."

"하면 무슨 이유로 북궁세가에 들어온 것인가?"

"천하제일도 북궁휘! 그를 직접 두 눈으로 확인하고 싶었습니다. 진짜로 그가 천하제일인 운검진인과 어깨를 나란히 할 수 있을 정도의 강자인지 궁금했거든요."

"헐!"

목원이 기가 막힌다는 표정으로 혀를 찼다. 천무각에서 이현과 북궁휘가 격돌한 이유를 비로소 알 것 같았기 때문이다.

"그래서 자네가 보기에 어떻던가?"

"뭐, 강하더군요."

"단지 그뿐?"

"달리 할 말이 있겠습니까? 일방적으로 박살 났는데."

"그다지 분해 보이진 않는 것 같네만?"

"제 손에 검이 들리지 않았으니까요."

이현의 다소 심드렁한 대답에 목원의 노안이 슬쩍 빛을 발했다. 당시 검을 들고 있었다면 북궁휘를 상대로 패배하지 않았을 거란 속내를 읽었기 때문이다.

'정말 건방이 하늘을 찌르는구나!'

내심 고개를 절레절레 흔들어 보인 목원이 이현에게 퉁명스럽게 말했다.

"내가 나중에 탕약을 보내줄 테니까 그때까지 정양이나 잘하고 있게나."

"벌써 가시게요?"

"군사전에 노부 혼자일세. 하루 종일 자네 수발이나 들어줄 만큼 노부가 한가하지 못하다네."

"그럼 제 질문 하나만 대답해 주시고 가십시오."

"빨리 말하게."

"고명한 의술을 지니신 분이 어째서 북궁세가에 뿌려진 암운을 그냥 두고만 보셨던 겁니까?"

"……"

"머리 굴리실 필요 없습니다. 만성독약에 대해서 말하고 있는 거니까요. 천풍신도왕을 죽음에 이르게 했고, 현재는 목원 군사님의 생명을 좀먹고 있는 그거 말입니다."

"자네… 생각보다 북궁세가에 대해서 정말 많이 알고 있구만?"

"창성이를 정말 아꼈으니까요."

"단지 그것뿐만은 아닌 것 같네만?"

"오늘 저는 목원 군사님의 질문에 충분할 정도로 대답했습니다. 그러니 이젠 목원 군사님이 제 질문에 대한 답을 주셔야하지 않을까요?"

퍽!

목원이 갑자기 이현의 배를 주먹으로 때렸다.

"컥!"

이현이 저도 모르게 신음을 흘리자 목원이 히죽 웃어보였다.

"그럭저럭 겉가죽은 잘 아물어가고 있구만. 과연 인간보다는 짐승에 가까운 회복력이야."

"환자에게 이게 무슨 짓입니까?"

"환자면 환자답게 정양이나 하고 있게. 노부는 이만 바빠서 나가볼 테니까."

"저기……."

이현이 손을 뻗어서 목원을 붙잡으려다 흠칫 놀란 표정을 지어 보였다.

슥!

거짓말처럼 목원은 이현의 손에서 몸을 빼내고는 방을 빠져나갔다.

'무공도 익혔던 건가? 하지만 추궁과혈을 할 때 살펴본 바로는 단 한 점의 내공도 몸속에 존재하지 않았었는데…….'

이현은 잠시 눈살을 찌푸린 채 생각에 잠겼다.

이해가 가지 않았다.

내공이 전혀 존재하지 않는 육체를 지닌 목원은 어떻게 이현에게서 간단히 몸을 빼낸 것일까?

비록 현재 이현이 부상으로 인해 내공을 일으키지 못하는 상태라곤 해도 믿기 힘든 일이었다. 아주 작은 행동 하나에도 고급 무학의 요체를 담아내는 이현의 손길을 일반인이 피할 수 있을 리 만무했기 때문이다.

그렇게 생각을 거듭하다 이현은 골치가 아파져 눈을 감았다.

보름간 혼수상태였다.

다시 잠을 자기 위해서 눈을 감았을 리 없다.

그는 눈을 감고서 자신의 심상 속 깊숙한 곳으로 파고들어갔다.

심상수련법!

종남파 조사동에서 매일같이 하던 수련을 통해 이현은 자신의 몸을 관조했다. 심상 속에서 불쑥 육체를 탈피했다.

그렇게 육체로부터 스스로를 유리(遊離)시킨 채 객관적으로 몸의 부상 정도를 살폈다.

어떻게, 얼마나, 어떤 부위를 북궁휘에게 상처받았고, 치료가 되었는지를 파악하기 위함이었다.

'생각했던 것보다 심하게 부상당했었군. 이 정도 상처라면 내장까지 도상을 당했다고 봐야 무방한데… 놀랍게도 잘 아물었잖아?'

이현은 좀 놀랐다.

혼수상태에서 깨어났을 때 파악했던 것보다 그의 부상은 상당히 심각했다. 당시 북궁휘의 장도에 즉사를 당하지 않은 게 용할 지경이었다.

그런데 놀랍다고밖에는 할 수 없달까?

그만큼 심각한 중상을 당했던 이현의 몸은 현재 꽤 많이 회복되어 있었다.

칼에 찔렸던 자리는 꿰매진 채 아물어가고 있었고, 내장이 심각하게 상했을 정도의 내상 역시 적지 않게 안정된 상태였다. 목원이 짐승 같다고 말한 게 결코 무리가 아닐 정도로 초인적인 회복력이라 할 만했다.

이게 어떻게 가능한 것일까?

이현은 문득 짚이는 곳이 있었다.

'대환단!'

이현이 북경지난을 평정한 공을 인정받아 황궁무고에서 가지고 나온 무림지보가 바로 소림사의 대환단이었다. 천하에 그보다 낫다고 할 만한 영약이 딱히 없을 정도로 영단묘약이 이현에게 초인간적인 회복력을 부여해 준 게 분명했다.

'후후, 혹시나 해서 한 알 먹어놨던 게 큰 도움이 됐구나! 이 정도 회복력이라면 앞으로 한 달이 지나기 전에 어느 정도는 무공을 펼칠 수 있겠어.'

내심 씁쓸하게 웃으며 이현은 다시 자신의 몸을 관조했다.

대환단의 약력이 이뤄낸 놀라운 회복력은 확인했다.

그러니 이젠 자신의 몸에 상처를 입힌 북궁휘의 창파도법에 대해서 알아볼 차례였다.

그가 어떤 식으로 장도를 휘두르고, 어떻게 강력한 일격을 가했는지를 낱낱이 파악해야만 했다.

과거 운검진인의 자하구벽검을 상대로 수백 차례가 넘게 대결을 벌였던 것처럼 그리했다.

그렇다.

지금부터 이현은 천하제일도 북궁휘에 대해서 탐구할 작정이었다. 그와 다시 맞붙었을 때 전날의 패배를 확실하게 되갚아주기 위해서 말이다.

*　　　　　*　　　　　*

밤.

거의 침식을 잊은 채 심상수련법에 집중하고 있던 이현이 문득 관조자의 위치를 벗어났다. 자신의 육체 근처로 다가들고 있는 익숙한 기운을 느꼈기 때문이다.

꿈틀.

이현이 감고 있던 눈을 뜨자 고양이처럼 살금살금 그의 곁으로 다가오던 연서인이 움찔 놀란 표정이 되었다.

그러나 그것도 잠시뿐.

곧 만면에 활짝 미소를 띠운 그녀가 이현의 머리맡에 다가와 앉았다.

"이 공자님, 깨어나셨군요?"

"연 소저 덕분이오."

"제 덕분이랄 게 있나요? 목원 군사님이 마침 의학에도 놀라운 능력이 있으셔서 다행이었지요."

"그래도 날 천무각에서 데려온 건 연 소저가 아니었소?"

"예? 아닌데요."

이현이 눈살을 찡그려 보였다.

"그럼 목원 군사님이 날 데려왔다는 것이오?"

"그분에게 그만한 근력이 있을 리 없잖아요."

"그러면 누가?"

"세상에서 가장 잘생긴 백발의 대협이 이 공자님을 안아 들고 왔어요. 그동안 밖에서 정보 수집을 한 바에 의하면 북궁세가의 태상가주 북궁휘 대협이라고 생각되는데……."

"북궁휘!"

이현이 갑자기 버럭 소리를 지르고 인상을 찌푸렸다. 마음이 크게 동요하자 상처 부위가 몹시 아파왔다. 목원과 대화를 나누다 화를 냈을 때와 크게 다르지 않은 고통이었다.

그가 고통을 참느라 이를 악물자 연서인이 눈매를 살짝 가늘게 만들어 보였다.

"역시 그랬군요."

"……."

"역시 이 공자님을 이 꼴로 만든 건 북궁휘 대협이었어요! 그렇죠?"

이현이 고통을 참고서 투덜대듯 말했다.

"그걸 알면서도 여전히 그 망할 괴물놈을 대협이라 호칭하는 것이오?"

"잘생겼잖아요."

"뭐?"

"어쩔 수 없어요. 그렇게 잘생기고 멋있는 분에게 다른 호칭 따윌 붙이는 건 상상조차 할 수 없으니까요."

'이 여자가!'

얼마 전까지 자신에게 크게 관심을 보였던 연서인이다.

중원과 달리 성에 개방적인 남해의 여인답게 그녀는 그동안 이현에게 아주 화끈하게 호감을 드러내곤 했다. 언제든 합방할 준비를 하고 있다는 말까지 농담처럼 내뱉곤 했던 것이다.

그런데 그런 연서인이 이현에게 중상을 입힌 북궁휘의 외모를 칭찬하고 있었다. 아주 노골적으로 그에게 관심을 보이며 이현의 복장을 뒤집어놓았다.

결국 이현의 눈꼬리가 치켜 올라가자 연서인이 얼굴을 살짝 붉히며 혀를 내밀었다.

"이 공자님, 죄송해요! 하지만 해남파에서 있을 때부터 저는 북궁휘 대협에 대한 얘기를 전해 들었어요. 얼마나 대단한 도객이고, 잘생겼는지에 대해서 말이에요. 솔직히 도사인 운검진인보다 북궁휘 대협같이 강하고 잘생긴 분이 저 같은 여자들에겐 더 관심이 가게 마련이거든요."

"그래봤자 팔십이 넘은 늙다리이오만?"
"전혀 그렇게 보이지 않던데요?"
"그래서 그에게 마음이라도 있는 것이오?"
"설마요!"
강한 거부가 담긴 대답과 함께 연서인이 다시 혀를 내밀며 말했다.
"그냥 눈요기 좀 했을 뿐이에요. 남자들이 예쁜 여자들을 보고 품평하듯이요."
"난 그런 짓 하지 않소만?"
"흐흥?"
못 믿겠다는 표정으로 코웃음을 친 연서인이 심술궂게 말했다.
"이 공자님은 정말 여태까지 주 군주님과 모용 소저를 견줘 본 적이 없단 말인가요?"
"없소!"
"그 거짓말 정말인가요?"
"거짓말 아니오."
"뭐, 그렇다면 이 공자님은 정말 군자로군요. 아니면 남자로서 문제가 있던가요."
"처녀가 못하는 말이 없구만!"
이현이 살짝 버럭하자 연서인이 눈을 새쭉하게 만들어 보였다.

“처녀가 뭐요? 하여간 중원의 남자들은 항상 여자가 다소곳하게 자기를 찾아와 주길 기다리기만 바란다니깐!”

“…….”

연서인의 끝날 것 같지 않은 종알거림에 결국 이현이 입을 다물었다. 그녀와 말싸움으로 이길 재간이 없다고 생각했기 때문이다.

그러자 연서인이 살살 웃으며 화제를 돌렸다.

“그래서 북궁 대협은 이 공자님을 안고 문덕전 앞에 내려놓고 떠나갔어요. 아무 일도 없었다는 듯 표표하게 뒤돌아서 떠나가는 모습이 정말 절대자, 그 자체나 다름없더라구요.”

“연 소저는 강한 자를 좋아하는군?”

“예, 좋아해요. 본래 남해의 여자들은 바다에 나갔다가 언제나 살아서 돌아올 수 있는 강한 남자를 만나는 걸 소원하거든요.”

“그렇군.”

이현이 천천히 고개를 끄덕여 보였다. 비로소 연서인이 악영인이나 북궁창성보다 자신에게 호감을 표했던 이유를 알 수 있을 것 같았기 때문이다.

‘연 소저는 내가 강했기 때문에 좋아했던 거로군. 그러니 날 이긴 북궁휘에게 호감을 느끼는 것도 어쩌면 당연하겠지.

연배를 떠나서 그 늙은이가 나보다 훨씬 잘생겼기도 하고 말이야.'

타당한 가설이다.

애초부터 연서인이 이현에게 확연할 정도로 관심을 보이기 시작한 건 직접적으로 대결을 벌인 직후였으니까.

그 같은 생각을 떠올린 이현이 내심 쓰게 웃고 있을 때였다.

연서인이 다시 화제를 돌렸다.

"북궁창성 공자가 드디어 잠영은밀대주인 북궁한성 대주와 연락이 닿은 것 같아요."

"그동안 창성이와 연락을 취하고 있었던 것이오?"

"여전히 금의위의 비선 잔존 조직은 크게 확보하지 못했지만 진 대랑의 도움을 확실하게 받고 있었답니다."

"그렇군."

"그래서 말인데, 북궁창성 공자에게 서신 하나만 써 주셨으면 해요."

"무슨 서신을 써달라는 것이오?"

"잠영은밀대주 북궁한성에게 절 소개시켜 주라는 내용이요."

"……."

"섬서성에서 북궁세가의 잠영은밀대 이상 가는 정보 조직은 없잖아요. 그리고 잠영은밀대주인 북궁한성은 근래 북궁세가에서 벌어진 일련의 사태와 크게 관련이 있는 사람이니, 제 임무 수행에 크게 도움이 될 거예요."

"설마 화산파를 봉문시킨 세력과 북궁휘가 관련 있다고 생각하는 것이오?"

"충분히 가능성이 있지 않을까요? 화산파의 봉문과 북궁세가주의 죽음은 거의 동시에 벌어진 일이니까요. 게다가 제가 조사한 바로는 이번 반역 사태의 주범인 칠황야가 가장 공을 들였던 곳은 난의 중심인 북경과 남경. 그리고 이곳 섬서성이었어요. 그가 난을 일으키기 전에 일부러 서안에 왔던 것도 다 이유가 있었던 것이죠. 그러니 제 의심은 무척 합리적이라 생각해요."

'신마맹…….'

이현은 불현듯 청양의 숭인학관에 유학한 후 끈끈한 인연을 맺은 달리파를 떠올렸다. 그는 신마맹이란 비밀 세력에 속한 자로 청양 일대의 상권을 장악하고 있던 성원장의 빈객으로 모습을 드러냈다.

그 후 달리파와 이현은 몇 차례에 걸쳐 싸우다가 크게 정이 들었다. 무인 대 무인으로서 서로를 존중하는 입장이 된 것이다. 그리고 그로 인해 달리파가 속했던 비밀 세력 신마맹에서는 상당히 막강한 토벌대를 청양으로 보내왔다. 청양을 어지럽힌 후 달리파를 토끼몰이 해서 죽이려는 의도였다.

그때 달리파를 구출한 후 숭인학관의 집사로 삼은 이현은 신마맹이란 비밀 세력에 꽤나 깊은 인상을 받았다. 출종남천하마검행을 하던 중 무수히 많은 무림 세력과 대결을 벌였으나 신마맹을 능가할 정도의 전력과 충성심을 함께 갖춘 곳은 거의 없었기 때문이다.

'…그리고 다시 신마맹의 흔적을 발견한 건 황궁에서였다. 그러니 연 소저가 한 말대로 이번 반란의 배후에는 신마맹이 개입되어 있을 가능성도 배제할 수는 없다. 하지만 이상한 건 어째서 지금 이 시점에 신마맹이 섬서성을 뒤집어놨냐는 것이다. 설마 남경에서 벌어진 반란과 섬서성에서 연동하기 위해서?'

내심 질문을 던진 이현이 곧 고개를 가로저었다.

'아니, 그럴 가능성은 매우 낮다. 북경지난이 실패하고, 칠황야라는 구심점을 잃어버린 상태에서 이미 남경의 반황제파가 일으킨 반란은 성공할 가능성은 거의 없어진 상태다. 암중으로 움직이던 신마맹이 섬서성의 무림세력을 한꺼번에 장악한다 한들 반란에 큰 도움은 되지 않을 것이다. 그 같은 점까지 고려해서 검치 노야와 주 군주는 섬서성의 변동에 곧바로 창위의 전력을 투입하지 않은 것이고 말이야.'

빠르게 생각을 정리하던 이현이 손으로 이마를 짚었다.

신마맹을 떠올린 것까진 좋은데 생각을 거듭할수록 머릿속이 꼬이는 느낌이었다. 정리를 하면 할수록 더욱 헝클어진 실타래처럼 변해 버렸다.

그런 이현의 고통을 이해한다는 듯 연서인이 동정 어린 표정으로 바라봤다.

"이 공자님, 너무 깊게 생각하지 마세요. 저도 제가 방금 전에 한 말에 대해서 확신을 갖고 있는 건 아니니까요."

"그럼?"

第四章

절대지경의 너머!

"요 며칠 주 군주님께 연락을 취해서 섬서성 무림의 현 상황에 대해서 고했더니, 이렇게 하라고 명령을 내리셔서 그대로 수행하고 있을 뿐이에요."

"어쩐지!"

"어쩐지?"

연서인이 살짝 노려보자 이현이 그녀의 시선을 슬며시 피하고 얼른 고개를 끄덕여 보였다.

"내 서신을 써주도록 하겠소."

"와! 제가 말할 때는 꼬치꼬치 캐묻고서 한참 생각에 잠겨 있더니, 주 군주님 명이라니까 바로 서신을 써준다고 하는군요!"

"내가 안 써줬으면 하는 것이오?"

"그런 건 아닌데, 사람 차별이 너무 심하잖아요!"

"내 배에 칼로 구멍을 뚫어 놓은 사람을 멋있다고 한 사람이 할 말은 아닌 것 같소만?"

"어서 써주시죠. 지필묵 여기 있네요."

연서인이 얼른 이현의 앞에 문방사우(文房四友)를 마련해 줬다.

"……."

이현이 잠시 표변한 연서인을 바라보다 붓을 집어 들었다.

*　　　　*　　　　*

잠시 후.

이현의 거처인 문덕전의 비밀 방을 빠져나와 빠르게 움직이던 연서인이 문득 걸음을 멈췄다.

흠칫!

그녀의 동그란 어깨가 가벼운 진동을 일으킨다.

소름!

그렇다.

바로 그 단순한 생체반응이 갑자기 그녀의 전신을 뒤덮었다. 그 갑작스러운 몸의 변동 때문에 지금 석상처럼 한자리에 고정되어 있는 것이다.

'어째서?'

연서인이 딱딱하게 굳은 몸을 움직이려 노력하며 아미를 찌푸렸다.

이런 일, 정말 처음이다.

그러니 이유 역시 알 수 없는 게 당연하다.

그때 석상처럼 얼어붙어 있는 연서인의 앞에 큼지막한 그림자 하나가 모습을 드러냈다.

스르륵!

그림자는 하늘에서 떨어져 내렸다. 그러니까 여태까지 하얀색 달을 제외하곤 아무것도 존재하지 않던 밤하늘에서 갑자기 연서인 앞에 홀연히 모습을 드러낸 것이다.

움찔!

연서인이 무인의 본능으로 간신히 얼어붙은 몸을 움직였다.

스슥!

그리고 재빨리 발을 놀리며 그림자로부터 떨어져 나온 연서인이 허리에서 옥대를 풀어냈다.

촤라락!

옥대는 연서인의 손에서 순식간에 한 자루 장검으로 변화했다. 꽤나 은밀한 형태로 연검을 옥대로 대용하고 있었음이 분명하다.

그러나 연서인은 다시 예의 소름을 느꼈다.

몸이 굳는 느낌!

이미 확고한 임전 태세에 돌입해 있던 연서인은 아연실색하지 않을 수 없었다. 어떻게 이럴 수 있는지 짐작조차 할 수 없었다. 자꾸만 굳어버리려 하는 몸이 야속했다.

그때 그림자가 정체를 드러냈다.

북궁휘!

처음 봤을 때처럼 기다란 백발을 사자처럼 휘날리는 준수한 얼굴을 어둠 속에서 드러낸 그가 연서인에게 말했다.

"어디에 있느냐?"

"예? 뭘……."

"굳이 날 속일 필요는 없느니라. 그 종남파의 아이를 괴롭힐 생각은 없으니까."

'쳇! 이렇게 다 알고 있다는 듯 나오면 대응할 방법이 없는데…….'

내심 혀를 찬 연서인이 얼른 수중의 검을 거둬들였다.

이현을 패배시킨 절대고수!

그녀가 목숨을 건다 한들 몇 초나 버틸 수 있을지 만무하다.

'…그러니까 여기선 하늘에 맡길 수밖에 없겠지?'

내심 평소에는 그다지 믿지도 않던 천신과 여러 신령들의 이름을 중얼거린 연서인이 검을 거둬들였다.

"그게 이 공자가 여기 있기는 한데요……."

"데리고 나오거라."

"…어쩌시려고요?"

자신도 모르게 질문을 던졌던 연서인이 흠칫 몸을 떨어보였다. 북궁휘의 눈에 담긴 기묘한 기운을 본 순간 혼백이 단숨에 흩어져 버리는 것 같았기 때문이다.

그런데 바로 그때였다.

슥!

문덕전 쪽에서 흐릿한 그림자 하나가 빠져나와 연서인의 옆으로 다가들었다.

꾸욱!

그리고 연서인의 명심혈에 수장을 가져다 대자 일시 넋이 나가 있던 그녀가 몸을 가볍게 떨어보였다. 강력한 내력이 명문혈을 통해 몸속을 내달리면서 벌어진 변화였다.

풀썩!

연서인이 결국 의식을 잃은 채 바닥에 무너져 내렸다.

"우차차!"

이현이 나직한 기합과 함께 연서인의 늘어진 몸을 한 손으로 부축해 바닥에 내려놨다. 그녀가 갑작스럽게 의식을 잃자 내력을 거두고 금나수를 펼치느라 상처 부위에서 격심한 통증을 느낀 것이다.

다시 몸을 일으키는 이현의 손엔 어느새 연서인의 연검이 들려 있었다. 담담한 광채를 발하던 연검에서 냉엄한 검기가 일어나기 시작했다.

"자! 그럼 2차전을 시작해 볼까요? 선배!"

스파앗!

이현이 담담한 한마디와 함께 수중의 검을 휘둘러 북궁휘에게 검기다발을 뿌려냈다.

일종의 복수랄까?

아니, 그보다는 지금부터 시작될 대결이 무림의 평범한 비무와는 다를 것이라는 일종의 선언이었다.

그러나 다음 순간이었다.

슥!

이현이 뿌린 검기다발 사이로 아무렇지도 않게 걸어들어온 북궁휘가 식지로 그의 복부를 찔렀다.

"윽!"

이현이 비명을 터뜨리자 북궁휘가 무심하게 말했다.

"뭘 시작해 보자는 거지?"

"이, 이건 무효요! 무효!"

"무효?"

"그래요! 무효요! 사람이 준비도 하기 전에 이렇게 갑자기 치고 들어오는 법이 어딨소?"

슥!

북궁휘의 신형이 어느새 방금 서 있던 자리로 돌아갔다. 그리고 양손을 들어 보인다.

"이제 시작해도 되겠느냐?"

"물론이오!"

이현이 신중하게 대답하고 바로 천하삼십육검의 절초에 들어갔다. 자신의 사각으로 아무렇지도 않게 파고드는 북궁휘의 기묘한 보법에 모든 신경을 집중했음은 물론이었다.

슥!

그리고 그때 북궁휘가 다시 이현을 향해 걸어왔다.

'윽!'

이현은 나직한 비명과 함께 얼른 뒤로 물러섰다.

한 걸음에서 두 걸음쯤?

아니다.

어느새 이현은 그보다 족히 열 배는 넘게 신형을 움직였다.

종남파가 자랑하는 절기를 펼친 것도 아니다.

그냥 전력을 다해서 그는 물러섰다.

그 외엔 자신이 형성한 천하삼십육검의 검기 속으로 성큼 성큼 걸어들어온 북궁휘를 막을 어떠한 방도도 머릿속에 떠오르지 않았기 때문이다.

그러자 북궁휘의 입가에 기묘한 미소가 떠올랐다.

"제법이구나!"

"제법?"

이현은 속이 뒤집히는 걸 느꼈다.

명백한 도발이다.

완전히 하수를 상대하는 고수의 행태였다.

그래도 이현은 이성을 잃고 덤벼드는 것 같은 우를 범하진 않았다.

오히려 그는 수중의 연검에 더욱 강력한 검기를 담아냈다.

천하삼십육검! 천하수조(天下修造)!

방금, 채 완성하기도 전에 북궁휘에게 뚫렸던 천하삼십육검 최강의 방어 검초다. 그 촘촘한 검기를 전력으로 펼쳐서 이현은 북궁휘와 자신 사이에 거대한 벽을 만들어냈다. 아까처럼 북궁휘에게 자신의 간격을 허용치 않겠다는 굳은 의지의 표명이었다.

'자! 이제 어찌할 거냐?'

이현이 내심 소리친 순간 북궁휘가 갑자기 고개를 저어 보였다.

"한 번 한 잘못을 다시 범하는구나!"

"……."

"아니면, 자신이 잘못한 게 뭔지도 모르는 건가?"

"선배, 그게 무슨 소리요? 지난번처럼 또 내게 심리전을 걸려는 거라면 헛수작 그만 부리라고 말해 드리겠소!"

이현은 차가운 한마디와 함께 천천히 천하수조의 검기를 북궁휘 쪽으로 이동시켰다.

현재 그의 몸 상태는 최악이었다.

북궁휘의 장도에 배와 손바닥에 꿰뚫리는 중상을 당하고 보름 동안 혼수상태에 빠졌다가 간신히 깨어났다. 운 좋게 전날 복용했던 소림사 대환단 덕분에 내상은 생각보다 적었으나 내공의 약화까지는 막을 수 없었다. 의식을 회복한 후 자신의 몸 상태를 관조하며 가까스로 한 차례 대주천을 했으나 대략 오 할의 내공도 사용하기가 버거웠다.

하물며 보름 전에 당한 상처 역시 전혀 아물지 않은 상태!

조금만 더 몸을 심하게 움직이면 겨우 붙은 상처가 도로 벌어지고 말 터였다.

'그러니 무조건적으로 단기결전을 벌일 수밖에 없는데… 저 괴물을 그런 방식으로 이길 수 있을까?'

이현은 내심 눈살을 찌푸렸다.

굳이 전날 천무각에서 벌였던 일전을 떠올릴 것도 없다.

현재의 몸 상태로 눈앞의 북궁휘와 생사결전을 벌인다는 건 그냥 섶을 짊어지고 불 속에 뛰어드는 것처럼 무모한 일이었다. 자살하고 싶어서 환장한 바보나 할 만한 짓이라 할 수 있었다.

그러나 이미 상황은 기호지세(騎虎之勢)였다.

호랑이 등에 올라탄 것처럼 이현은 북궁휘와의 대결을 준비할 수밖에 없었다.

그러자 북궁휘가 다시 고개를 저어 보였다.

"어리석다! 종남파 같은 명문의 제자가 어쩌다가 이리 골치 아픈 심마에 빠지고 말았더냐?"

'또 심마냐!'

이현은 내심 짜증이 치솟는 걸 느꼈다.

북궁휘의 이 같은 지적, 처음이 아니다.

북경에서 만났던 소림사의 전대 고수 지공대사와 황궁제일 고수 검치 노철령에게도 잇달아 같은 언급을 들었다. 그의 무공이 중대한 고비에서 심마를 만나서 오히려 본래보다 후퇴했다는 것이다.

그러나 이현은 그들의 말을 여태까지 그리 심각하게 받아들이지 않았다.

어찌됐든 이현은 지공대사를 이겼고, 검치 노철령 역시 죽음을 목전에 둔 상태였다. 그들이 비록 선배 고수이자 절대지경에 이른 달인들이었으나 이현의 무공을 지적할 만한 위치라곤 할 수 없었다.

그리고 한 가지 더!

이현 역시 자신이 심마에 빠졌다는 건 어느 정도 인지한 상태였다.

이가장에서 부친 이정명을 만난 후 갑작스럽게 찾아든 변화로 인해 과거보다 내공은 크게 불어났는데, 무공의 정밀도는 오히려 떨어졌다.

늘어난 내공의 효용성을 상회할 정도로 초식과 초식이 연계할 때 들어가는 효율에 문제가 발생했다. 같은 양의 내공을 사용하고도 과거보다 무공의 위력이 줄어들어 버린 것이다.

이현은 갑자기 불어난 내공으로 인해 이 같은 효율의 변화를 꽤나 늦게 깨달았다. 숭인학관에 유학을 간 탓에 한동안 강적과의 치열한 생사대결을 펼칠 일이 없어졌기 때문이다.

그러다 신비조직 신마맹과의 분쟁이 발생했고, 다시 검을 잡아야 했다. 그리고 서안에서 주목란을 만나서 북경에 이르렀고, 지공대사와 검치 노철령을 만나서 확실하게 심마에 빠졌다는 걸 깨닫게 되었다.

즉, 이현 자신과 어깨를 나란히 할 정도의 절대고수가 아니라면 심마 자체가 전혀 문제 되지 않았었다는 뜻이다. 게다가 이현 정도 되는 절대고수에게 있어 심마란 건 아주 나쁜 것만은 아니었다. 오히려 좋을 수도 있었다. 오랫동안 고정된 채 미동조차 보이지 않던 무공의 수위에 좋거나 나쁘건 간에 변동이 일어났다고 볼 수 있었으니까.

변동!

다른 식으로 말하면 변곡점이다!

이현은 놀랍게도 무인에게 있어선 꿈이나 다름없는 절대지경에 오른 상태에서 심마에 들었다. 이미 까마득하게 높은 무공의 경지에 오른 상태이기에 위험도가 높아진 반면에 아주 좋은 기회를 잡았다고도 할 수 있었다. 반석같이 단단하던 절대지경의 경지가 움직일 기미를 보였다는 건 상상에서나 가능하던 초월지경으로 무공이 대폭 상승할 수도 있다는 의미이니 말이다.

물론 이건 이현의 개인적인 바람일 수 있었다.

수천 년이 넘는 무림의 역사 속에서도 절대지경에 오른 초고수는 간간히 나타났으나 초월지경에 도달한 대종사급은 거의 볼 수 없었기 때문이다.

그래서 이현은 그 같은 생각을 그냥 마음속 깊숙한 곳에만 간직하고 있었다. 혹시라도 초월지경에 너무 집착하다가 심마만 더욱 깊어질 수도 있다는 판단이었다.

'그렇게 넋을 놓고 있다가 실제로 초월지경에 도달했을지도

모르는 고수를 만나고 말 줄이야!'

이현은 북궁휘를 바라보며 눈살을 찌푸렸다.

눈앞의 북궁휘!

전날 천무각에서 이현을 거의 사경까지 몰아넣은 북궁세가의 태상가주는 정말 강했다. 단언컨대 소림사의 전대 최강 고수인 지공대사보다 강했고, 황궁제일고수인 검치 노철령의 전성기 시절을 능가했다. 허투루 천하제일인 운검진인과 검도쌍신으로 성망을 드높였던 게 아니었다.

하지만 이현은 천무각에서 혈전을 벌일 당시 북궁휘를 절대초월지경으로 보지 않았다.

평생 만났던 어떤 고수보다 강하다 여기긴 했으나 절대로 자신이 상대 못할 수준은 아니라 판단했다.

자신의 손에 청명보검이 있었고, 천하삼십육검을 전력을 다해 펼칠 수 있었다면 능히 상대할 만하다고 여겼다. 그래서 당시 천무각에서 도망치지 않고 그와 맞서 싸웠던 것이다.

그런데 지금은 다르다.

완전히 달라졌다.

단 두 차례의 간격 조절만으로 이현은 깨달았다.

북궁휘와 자신 간의 무공 격차!

결코 청명보검을 지니고 있다 한들 줄일 수 있는 격차가 아니었다.

초월!

이현이 상상 저 너머에서나 꿈꿨었던 저 너머!

그곳에 북궁휘는 서 있었다.

현재의 이현으로선 결코 뛰어넘을 수 없는 거대한 장벽의 저편에서 그는 곧바로 걸어 들어온 것이다. 지금 이 순간처럼 말이다.

움찔!

이현이 반응을 보인 것과 동시였다.

툭!

천하수조의 검기 속으로 갑자기 불쑥 파고들어 온 북궁휘가 주먹으로 이현의 복부를 건드렸다.

"컥!"

이현의 입에서 숨넘어가는 신음이 터져 나왔다.

주르륵!

그리고 터져 버린 상처 부위!

삽시간에 피로 새빨갛게 물들어 버린 자신의 복부를 눈으로 살피던 이현이 외로 무너져 내렸다. 한 식경도 되지 않는 짧은 대치 끝에 다시 북궁휘에게 패배하고만 것이다.

털썩!

이현이 쓰러지자 북궁휘가 잠시 그를 물끄러미 내려다봤다.

인간적인 느낌이 전혀 나지 않는 냉정한 눈빛!

문득 그 냉정함 속에 살의(殺意)가 깃들기 시작할 때였다.

저벅! 저벅! 저벅!

문덕전 쪽으로 살짝 등이 굽은 목원이 천천히 걸어왔다. 마치 처음부터 그곳에 존재했던 것처럼 북궁휘를 향해 똑바로 향했다.

슥!

이현에게 고정되어 있던 북궁휘의 시선이 문득 목원을 향했다.

"또 방해하려는 것인가?"

"방해?"

목원이 어깨를 가볍게 으쓱해 보였다. 북궁휘가 한 말이 무슨 의미인지 전혀 모르겠다는 표정이다.

북궁휘의 눈가에 예의 살의가 다시 깃들었다.

"계속 내 행사를 방해할 수는 없을 것이네! 자네의 명운도 이젠 얼마 남지 않았으니 말일세!"

"명운이라니… 당최 태상가주께서 무슨 말씀을 하시는 건지 잘 모르겠습니다."

"여전히 건방지구나! 내 앞에서 기망(欺罔)하려 들다니!"

"허허, 기망이라니! 태상가주께서는 뭔가 단단히 오해를 하고 계십니다. 태상가주께서 현재 느끼고 있는 혼란은 소인과는 전혀 상관이 없는 일입니다. 그러니……."

"닥쳐라!"

살의를 무형의 기세로 바꿔서 목원의 발걸음을 멈추게 한 북궁휘가 눈을 부릅떴다. 어째서 목원이 자신의 무형지기의 칼날을 얻어맞고도 아직 살아 있는지 이해할 수 없었기 때문이다.

목원이 말했다.

"태상가주께서 이 하잘것없는 자의 능력을 높게 평가해 주시는 점은 정말 감사합니다. 하나 다시 한번 말씀드리지만 태상가주께서 현재 느끼고 있는 혼란은 절대 소인과는 관련이 없는 것입니다."

"그 말을 내가 믿을 것 같더냐?"

"허허허……."

목원이 나직하게 웃음을 흘렸다. 북궁휘의 강압적인 말에 난감함을 표시한 것이다.

잠시 더 그를 향해 살의가 깃든 시선을 던지던 북궁휘가 갑자기 신형을 날려 문덕전을 떠나갔다. 슬슬 날이 밝으려 하자 천무각으로 돌아간 것이다. 그리고 북궁세가에 복귀한 후 줄곧 그랬듯이 다음 밤이 오기까지 그곳에 틀어박혀서 한 걸음도 밖에 나서지 않으리라.

그 같은 사정을 잠시 떠올리던 목원이 이현에게 다가가 그를 힘겹게 부축했다.

"여전히 무겁구나! 무거워! 하지만 암운이 깃든 북궁세가에 유일하게 남은 희망이 이놈이니, 그냥 내버려 둘 순 없지 않겠는가!"

"……."

목원이 이현을 거의 절반쯤 질질 끌면서 문덕전으로 향했다.

* * *

"윽!"

이현은 의식을 회복하자마자 나직한 신음을 터뜨렸다.

굳이 몸 상태를 파악하기 위해 노력할 필요도 없다.

복부 쪽에서 훅하고 올라오는 이 친숙하고 강렬한 통증이 말하고자 하는 건…….

'상처가 터졌구나! 아주 확실하게!'

이현이 내심 소리치며 내기를 움직여봤다. 저번과는 사뭇 다른 몸 상태에 조금 신경을 쓸 필요성을 느낀 것이다.

그때 퉁명스러운 목소리가 들려왔다.

"그놈, 성질 참 성급하구나!"

"……."

"애써 누더기가 된 몸을 치료해 줬더니만 하루도 지나기 전에 상처를 터뜨리더니, 이젠 깨어나자마자 또 몸을 혹사시킬 생각부터 하는 것이냐?"

"목원 군사님?"

"그래, 노부다! 노부가 다시 네놈을 구해줬으니, 뭘로 보상할 생각이더냐?"

"보상이요?"

"그래, 보상! 저번에야 네놈이 노부를 위해 괴물 놈한테 달려든 게 갸륵해서 그냥 치료를 해줬다만, 이번에는 사정이 다르지 않더냐?"

"아! 그 보상을 말하시는 거로군요?"

"그래, 그 보상 말이다! 네놈은 노부에게 무엇으로 목숨값을 갚고자 하느냐?"

"흠."

이현이 잠시 생각에 잠긴 표정을 짓다가 천천히 고개를 끄덕여 보였다.

"북궁세가면 어떻겠습니까?"

"북궁세가?"

"예, 저는 북궁세가를 북궁휘의 손에서 되찾아 드리는 걸로 목숨 값을 대신하고자 합니다."

"됐다! 노부가 이딴 북궁세가를 받아다가 뭘 하겠느냐? 저승길에 귀찮은 짐만 될 뿐이지."

"누가 목원 군사님께 드리겠다고 했습니까?"

"하면?"

"천풍신도왕이 가장 사랑한 후계자에게 돌려주겠다는 겁니다."

"북궁창성 2공자를 말하는 것이냐?"

"우와!"

이현이 감탄한 듯 탄성을 발하자 목원이 살짝 눈살을 찌푸려 보였다.

"고얀 놈! 노부를 시험하다니!"

"어찌 아셨습니까?"

"그야 뻔하지 않더냐? 네놈이 진짜 자로학관 출신일 리는 만무하나 그냥 학사를 사칭한 건 아니었을 터. 그렇다면 대과를 준비하러 청양의 숭인학관으로 떠난 2공자를 떠올릴 수밖에 없지 않겠느냐?"

"그래서 절 구해준 거로군요?"

"아니."

"예?"

이현이 놀란 표정을 짓자 목원이 퉁명스럽게 말했다.

"노부는 그저 천풍신도왕 북궁 가주가 삼고초려를 한 정성 때문에 북궁세가에 잠시 몸을 의탁했을 뿐이니라. 그가 죽고 정당한 후계자였던 대공자가 괴물놈한테 목숨을 잃었으니 북궁세가와의 인연은 완전히 끊겼다고 할 수 있다."

"2공자인 창성이가 아직 살아 있습니다만?"

"그럼 조용히 심산유곡(深山幽谷)에라도 처박혀서 얼마 남지 않은 목숨이나마 부지하게 하는 편이 나을 것이다."

"창성이에 대해서 잘 모르시는군요? 그놈은 설혹 사지가 잘려서 죽을지라도 결코 북궁세가를 외면하지 못합니다."

"그럼 천형의 절맥으로 인해 얼마 남지 않은 목숨줄이 좀 더 빨리 끊기게 되겠구나."

"그 절맥, 치료됐는데요."

"뭐?"

목원이 놀란 표정으로 이현을 바라봤다. 여태까지의 다소 냉정하던 태도가 확연할 정도로 달라졌다. 그리고 재촉한다.

"설명해 보거라! 어서!"

"뭐, 단순합니다. 창성이의 절맥증은 제가 이미 치료했습니다."

"어떻게?"

"절맥증의 근본적인 원인이 천풍신도왕의 몸속에 잠재되어 있던 만성독약임을 알고 있었거든요."

"……."

"예, 맞습니다. 목원 군사님이 중독된 바로 그 만성독약 말입니다."

"의술에도 제법 조예가 있었단 말이더냐?"

"과거 무림을 돌아다니며 몇 번 정도 생사를 헤맨 적이 있었거든요."

"그렇다 해도 쉽지 않은 일이었을 텐데……."

"게다가 제가 이래 봬도 내공이 아주 절륜합니다. 마침 창성이의 몸속에는 북궁세가에서 잔뜩 복용시킨 영약의 약력이 내재되어 있었고요."

"그래서?"

"창성이와 숭인학관에서 동문수학하며 틈틈이 절맥증을 치료했고, 녀석은 죽도록 북궁세가의 무공을 연마했습니다. 그래서 지금은 그럭저럭 쓸 만한 후기지수의 수준 정도는 되는 것 같습니다."

"으허허허허!"

목원이 갑자기 파안대소를 터뜨렸다. 이현의 설명을 듣던 중 아주 기분이 유쾌해진 것 같다.

그러다 그가 갑자기 대소를 멈추고 이현을 노려봤다.

"네놈이 한 말을 노부가 어찌 믿지?"

"창성이는 현재 창룡척멸검 담패진과 함께 있습니다. 그리고 믿을 만한 소식통에 의하면 곧 참마도협 북궁한성과도 조우한다고 하더군요."

"그 혈기 넘치는 놈들이 여태까지 잠잠했던 게 다 이유가 있었구나!"

"그래서 어쩌시겠습니까?"

"뭘 어째?"

"제가 패를 다 내보였는데도 여전히 속을 드러내지 않으시려는 겁니까?"

"……."

고집스레 입을 다문 채 침묵하던 목원이 고개를 흔들며 짜증스러운 표정을 지어 보였다.

"이렇게 되면 노부의 은퇴 계획을 전면 수정해야만 하는데… 뭐, 어쩔 수 없으려나?"

"……."

혼잣말과 함께 다시 고개를 흔들어 보인 목원이 이현에게 퉁명스레 말했다.

"이렇게 되었으니 노부는 잠시 쉬겠다."

"예?"

이현이 눈살을 찌푸린 것과 동시였다.

부르르!

갑자기 작은 몸을 가볍게 떨어 보인 목원의 눈에서 갑자기 맑은 정광이 번개처럼 일어났다가 순식간에 사라졌다.

"응?"

목원이 잠시 어리둥절한 표정을 짓다가 시선을 이현에게 던졌다.

"오! 용케도 살아 있었구나!"

'용케도 살아 있어?'

이현이 잠시 황당한 표정으로 목원을 바라보다 문득 깨달음을 얻었다. 지금 그의 눈앞에 있는 사람이 북궁세가의 총군사인 목원이 아니란 걸 말이다.

강신술?

강령술?

전이대법?

눈앞의 사람이 어떤 존재냐에 따라서 달라질 일이나 일단 이현은 개의치 않기로 했다. 눈앞의 목원의 몸을 빌려 쓰고 있는 존재야말로 북궁휘에게서 자신을 구해준 장본인임을 직감적으로 느낄 수 있었기 때문이다.

"당신이 날 북궁휘의 손에서 구해준 분이시로군요?"

"흐흐, 덜떨어진 검술을 사용하는 주제에 눈치 하나는 빠르구나! 그래, 내가 바로 널 구해준 장본인이니라!"

"역시!"

나직이 탄성을 발한 이현이 곧 안색을 굳혔다.

"북궁휘에게서 구해준 건 고맙습니다만, 저는 덜떨어진 검술 따윈 사용한 적이 없습니다!"

"북궁휘 녀석한테 덜떨어진 천하삼십육검을 사용하다 죽을 뻔했잖아?"

"그거야… 응? 어떻게 천하삼십육검에 대해서 알고 계시는 겁니까?"

"종남파 최강의 검법이라고 섬서성에서 제법 유명하잖아? 뭐, 그래봤자 지난 백 년간 종남파에서 천하삼십육검을 완성한 검객은 단 한 명도 배출하지 못했지만 말이야."

"……."

"그래서 너는 풍현의 제자인 것이냐?"

"사부님을 아십니까?"

"흐흐, 알다마다! 그 녀석, 어릴 때 얼마나 귀여웠다고? 조그맣고 귀엽게 생긴 녀석이 고집은 엄청 세서 놀려 먹는 재미가 제법 쏠쏠했었지."

'사부님의 선배로구나! 그럼 소림사의 지공대사와 동배분인 것인가?'

내심 염두를 굴린 이현이 힘겹게 자리에서 일어나서 목원(?)에게 공수해 보였다. 그가 사부 풍현진인보다 선배인 전대 고수임을 인정하기로 한 것이다.

"종남파의 이현이 다시 구명지은에 인사드리겠습니다!"

"오냐!"

목원이 당연하다는 듯 고개를 끄덕여 보이자 이현의 눈에 이채가 어렸다. 자신이 정체를 밝혔음에도 태연한 목원의 태도에 의아함을 느꼈기 때문이다.

'말투나 사부님과의 인연으로 볼 때 분명 섬서성 출신의 무학 명사가 분명한데, 나에 대해서 전혀 모르고 있는 것 같구나! 그렇다면 중원에서 꽤 오랫동안 떨어져 있었거나 심산유곡에서 은거하고 있었다는 뜻인데…….'

이현은 내심 생각을 정리하다 목원에게 문득 질문을 던졌다.

"선배님, 혹시 귀신이십니까?"

"귀신? 내가 그렇게 보이나?"

"아니오. 전혀 그렇게 보이지 않습니다. 만약 선배님이 귀신이라면 목원 군사님이 함부로 자신의 몸을 내주셨을 리 없으니까요."

"그럼 내가 무엇으로 보이느냐?"

"사실 잘 모르겠습니다. 다만 선배님이 일반적인 무학의 법칙을 거스를 정도로 강력한 무공을 익혔을 뿐만 아니라 도가나 법술에도 조예가 깊다는 건 알 것 같습니다."

"마치 예전에 그런 사람을 만나본 적이 있다는 듯이 말하는구나?"

"선배님 말대로 저는 과거 대막에서 그런 사람을 만난 적이 있었습니다."

"대막? 네깟 녀석이 그곳에는 왜 갔는데?"

움찔!

이현은 갑자기 돌변한 목원의 기세에 몸을 가볍게 떨어 보였다.

저절로 그렇게 되었다.

반응을 보였다.

단지 목원의 돌변한 기세만으로 이현은 마치 생사대적을 만난 것 같은 기분에 사로잡히게 되었다. 그리고 그건…….

'북궁휘와 마주했을 때와 같다!'

조금 더 정확히 말하면 북궁휘와 처음 만났을 때가 아니다.

두 번째!

천무각이 아니라 이곳 문덕전 앞에서 북궁휘를 만났을 때와 동일한 느낌을 이현은 눈앞의 목원에게 받았다. 수중에 검을 든 채 가장 자신하던 천하삼십육검을 펼친 상태에서도 뒤로 물러설 수밖에 없었던 바로 그때 말이다.

그러나 그것도 잠시뿐.

곧 목원은 기세를 거둬들이자 이현은 빠르게 안정을 회복했다. 목원에게서 더 이상 생사대적을 만난 것 같은 느낌을 받지 않게 된 것이다.

목원이 말했다.

"그래서 대막에서 너는 무얼 했더냐? 아니, 누굴 만났더냐?"

"명왕종……."

"명왕종?"

"…예, 명왕종의 술사를 만났습니다."

"그리고?"

"그리고 그에게 도전했으나 상대를 해주지 않았습니다. 그 명왕종의 술사는 제가 아직 준비되지 않았다고 했습니다."

"준비되지 않았다라……."

혼잣말처럼 나직하게 중얼거린 목원이 미미하게 고개를 끄덕여 보였다.

"…단지 그뿐이더냐?"

"그렇습니다."

이현은 명왕종의 성전에 찾아가서 마신상을 본 이야기는 일부러 하지 않았다. 왠지 눈앞에 있는 목원과 대막의 명왕종 사이에 뿌리 깊은 은원이 존재할 거라고 생각했기 때문이다.

그러자 잠시 이현을 미심쩍은 표정으로 바라보던 목원이 고개를 까닥이며 말했다.

"흠, 그런데 네 녀석은 어째서 북궁휘를 상대로 덜떨어진 검법을 펼쳤던 것이냐?"

"제가 펼쳤던 건 덜떨어진 검법이 아니라……."

"완성시키지도 못한 천하삼십육검이지! 네놈은 불완전하게 익힌 검법을 가지고 북궁휘란 천하무쌍의 고수에게 덤벼드는 바보짓을 한 것이다!"

"……."

"그러니 내게 덜떨어졌다는 말을 백번 들어도 할 말이 없지 않겠느냐?"

준엄한 목원의 꾸짖음에 이현의 안색이 딱딱하게 굳었다.

"선배님의 말씀은 제가 북궁휘와 상대할 때 천하삼십육검을 사용한 게 잘못이란 것입니까? 하지만 불완전하다 해도 천하삼십육검은 제가 익힌 최강의 검법입니다!"

"누가 그걸 정했는데?"

"예? 그야……."

"네 사부 풍현 녀석이 그리 가르쳤더냐? 아니지! 그놈이 꽤 귀엽긴 했지만 오성과 근골이 그리 대단치 않아서 절정 이상의 무위는 얻지 못했을 터인즉! 오! 그러고 보니 네 녀석, 무공에 천재적인 재능을 타고난 천생무골이로구나!"

"……."

이현이 슬쩍 낯을 붉히며 쑥스러운 표정을 지어 보였다. 다른 때보다 눈앞에 있는 전대 명사에게 대놓고 칭찬을 듣는 기분은 매우 각별했다.

그러자 목원이 피식 웃었다.

"그렇게 좋아할 필요 없다. 종남파에 그만큼 인재가 없었다는 뜻이니까."

"그게 무슨 뜻입니까?"

"풍현을 비롯해 종남파에 있던 네 존장이란 것들 중 어느 한 명 쓸 만한 놈이 없었다는 뜻이다. 너 같은 천생무골을 받아들이고도 제대로 가르치질 못해서 제대로 꽃도 피워보지 못하고 객사를 시킬 뻔했으니 말이다. 너, 천하삼십육검 혼자서 독학했지?"

"그, 그건……."

"문파의 치부를 드러낸다고 생각할 필요 없다. 종남파뿐 아니라 다른 구대문파나 사패를 비롯한 명문세가에서도 종종 일어나는 일이니까."

"……."

"많게는 천 년에서 적게는 수백 년 동안 무림에 군림해 왔던 명문정종의 무공은 본래 박대정심, 그 자체라 할 수 있다. 그래서 천하의 기재들이 평생에 걸쳐서 연마한다 해도 죽을 때까지 최강의 정수를 얻지 못하는 일이 비일비재하다. 종남파 역시 그 같은 이유로 최강의 검법이라는 천하삼십육검을 재현하지 못하고 지난 백여 년을 보냈을 뿐일 테지. 네놈이 스스로 흉내나마 낼 수 있게 되기 전까진 말이다. 그렇지 않느냐?"

第五章

북궁휘로 오라!

이현은 떨떠름한 표정을 지어 보였다.

눈앞의 목원.

아니, 그렇다기보다는 그의 몸을 빌려 쓰고 있는 사람은 그야말로 명인(名人) 그 자체였다.

평생 동안 무학에 관해서 만큼은 천하를 오시하고 살던 이현조차 감히 토를 달지 못할 정도로 탁월한 탁견(卓見)을 지니고 있었다. 한마디 한마디가 귀에 쏙쏙 들어오는 게 마치 가려운 곳을 알아서 긁어주는 것만 같았다.

이런 느낌!

종남파에 입문한 후 사부 풍현진인의 밑에서 수학을 하며 무학의 길을 걷기 시작한 후 처음이었다. 마치 오랫동안 아무도 가지 않았던 길을 홀로 걷고 있던 중 이정표를 만난 것이나 다름없이 여겨졌다.

그래서 이현은 개운치 않은 기분을 느꼈다.

눈앞의 목원의 무학 강론에 크게 마음이 동하는 한편, 사부 풍현진인과 역대 종남파 조사들에게 미안해졌다. 자파 출신의 고수도 아닌 사람한테 종남파 무학의 정화라 할 수 있는 천하삼십육검에 대한 허실을 지적받는 게 바로 자신의 부족함 때문이란 생각이 들었기 때문이다.

그 같은 이현의 내심을 읽은 것인가?

따악!

갑자기 목원이 손을 날려서 이현의 머리를 때렸다.

"왜 때리는 겁니까?"

"왜 피하지 않았느냐?"

"그야……."

이현이 얻어맞은 자리를 손으로 매만지며 풀 죽은 목소리로 말했다.

"…왠지 피해선 안 될 것 같아서 그냥 얻어맞았습니다. 뭐, 다 늙은 사람에게 머리 한 대쯤 얻어맞는다고 죽는 것도 아니니까요."

"푸헐! 그 녀석, 허세 하나는 그럴듯하구나!"

즐거운 표정으로 웃어 보인 목원이 진지해진 표정으로 말했다.

"북궁휘와 제대로 된 대결을 하고 싶다면 천하삼십육검은 봉인하도록 하거라."

"딴 검법으로는 그의 창파도법을 이길 자신이 없는데요?"

"처음부터 북궁휘를 이길 생각으로 달려들었던 거냐?"

"물론이죠! 제가 이래 봬도 무림에 출도한 이래 여태까지 단 한 번도 무공으로는 패한 적이 없었다구요!"

"이번엔 패했잖느냐?"

"그야 검도 없었고……."

"됐다!"

이현의 말을 중간에서 막은 목원이 손을 내밀어서 몇 차례 흔들어 보였다.

두 개! 세 개!

아니다.

삽시간에 목원의 손은 십수 개도 넘는 숫자로 분화했다. 마치 그 자체로 살아 있는 것 같았다. 목원의 일부분이 아니라 하나의 독립적인 위치를 구축한 존재와 같은 변화를 보인 것이다.

덕분에 현기증을 느낀 이현이 재빨리 상반신을 뒤로 물렸다.

변화를 따라잡을 수 없다.

그렇다면 물러나는 것이 무학의 이치에 맞는다.

그러자 목원이 버럭 소리쳤다.

"물러나지 말고 맞서거라!"

'윽!'

이현이 내심 신음을 흘리며 뒤로 물러나려던 상반신의 움직임을 멈췄다. 거의 그 같은 움직임을 보이려던 것과 동시에 반대의 행동에 들어갔다. 목원의 갑작스러운 일갈에 뭔가 깨닫는 바가 있었기 때문이다.

슥!

이현이 목원의 손이 만들어낸 변화 속으로 뛰어들었다.

어느 때보다 커다랗게 변한 동공!

그러나 그의 눈은 이미 목원의 손이 만들어낸 변화를 쫓지 않았다.

오히려 외면했다. 무시했다.

팟!

그와 함께 뻗어진 이현의 식지!

어느새 날카로운 기경을 담은 채 목원의 미간을 노려간다.

대천강검법! 비기(秘技)! 천강뇌섬인(天罡雷閃印)!

종남파 검법 중 패도의 극에 달했다 알려진 대천강검법 중에서도 가장 강하고 빠른 검초가 목원을 직격했다. 그의 손이 만들어낸 변화를 단숨에 돌파해 천공의 벼락이 무색한 속도로 미간 사이로 파고든 것이다.

흔들!

그러자 가볍게 움직인 목원의 머리.

기가 막히게도 그는 이현의 천강뇌섬인이 막 미간 사이를 직격하기 직전, 극히 간단한 동작으로 죽음에서 벗어났다. 천강뇌섬인의 직격을 단숨에 무력화시켰다.

팟!

그리고 변화를 멈춘 목원의 수장!

수십 개의 그림자와 변화에서 벗어난 그의 손바닥이 이현의 어깨를 때렸다.

"윽!"

이번에는 입 밖으로 비명이 흘러나왔다.

그만큼 아팠다.

목원의 손바닥에 얻어맞은 부위가.

그러나 이현은 어느새 앉은 자세를 바꿔서 또 다른 반격에 돌입하고 있었다. 대천강검법의 천강뇌섬인을 태을분광검의 분광이심환(分光二心煥)으로 바꿔서 목원의 목젖과 가슴을 동시에 노려간 것이다.

그러자 다시 변화를 보인 목원의 손바닥!

탁! 탁!

이현의 분광이심환이 중간에 가로막혔다. 핵심적인 변화를 보이기 전, 목원의 손바닥이 미리 공간을 선점했다. 변화 자체가 일어나지 못하게 원천 봉쇄를 당해 버렸다.

파팍!

그 순간, 이현이 앉은 자세로 공중 도약하며 회심퇴를 날렸다. 처음부터 분광이심환이 목원에게 가로막힐 걸 예측하고 회심퇴로의 연환 공격을 준비하고 있었다. 상대를 자신보다 한 수 위의 고수로 인정하고 여러 가지의 무공을 한꺼번에 풀어낸 것이다.

그러나 결과는 역시 실패!

슥!

단지 신형을 일으켜 세우는 것만으로 이현의 회심퇴를 무력화시킨 목원이 대뜸 안쪽으로 파고들어 왔다. 이현이 회심퇴를 사용하느라 도약한 틈에 아예 그와의 간격 자체를 완전히 없는 것으로 만들었다.

"크악!"

그러자 이현이 울부짖음에 가까운 괴성을 터뜨리며 공중에서 신형을 비틀며 철산고를 펼쳤다. 목원의 상상을 초월하는 움직임에 압도되어 뒤로 물러서고 싶다는 공포를 기합으로 이

겨냈다.

그렇게 다시 공격에 들어간다.

쾅!

그 결과 이현의 철산고가 방금 전까지 그가 누워 있던 방바닥을 크게 박살 냈다.

흡사 화약이 가득 든 통이 폭발한 것 같은 위력!

꾸욱!

그때 방바닥에 몸이 절반 이상 처박혀 있던 이현의 뒷덜미를 낚아채는 손길이 있었다. 어느새 철산고를 피해낸 목원이었다.

질질질…….

그는 이현의 몸을 끌고서 방을 박차고 뛰쳐나갔다.

털푸덕!

그리고 문덕전의 앞마당에 아무렇게나 이현을 내동댕이친 목원이 손목을 까닥거려 보였다. 이현의 뒷덜미를 잡아챈 순간 오뢰정인에 반격당해서 손목에 무리가 간 것이다.

스륵!

그때 이현이 몸을 뒤집으며 신형을 일으켜 세웠다.

주르륵!

이현의 얼굴은 이미 피투성이였다.

머리에서부터 얼굴 반면을 가린 채 핏물이 꿀렁거리며 흘러내리고 있었다.

복부 역시 마찬가지다.

격렬한 공방으로 인해 다시 상처가 터졌다. 얼굴만큼이나 흥건하게 핏물을 쏟아내고 있었다.

스윽! 슥!

이현이 손등으로 얼굴을 훔쳤다.

시야를 확보하기 위함이다.

아직 그는 목원과의 승부를 포기하지 않은 것이다.

목원이 히죽 웃어 보였다.

"흐흐, 과연 천생무골이로구나!"

"시끄럽고! 다시 한번 붙어봅시다!"

"뭔가 깨달은 게 있는 게로구나?"

"내가 바보요! 선배가 내게 뭘 말하고 싶었는지 정도는 충분히 알았소!"

"그럼 뭘 기다리고 있는 것이냐?"

목원이 이현에게 손을 뻗어 손가락을 도발적으로 까닥거려 보였다.

"크악!"

이현이 목원을 향해 달려들었다.

혼신의 일격!

반드시 재수 없는 표정을 하고 있는 목원에게 한 방 먹여야

속이 풀릴 것 같았다.

저벅!

그때 목원이 태연자약한 표정으로 이현을 향해 한 발을 내딛었다.

'이건…….'

이현은 묘한 기시감을 느끼며 곧바로 의식을 잃어버렸다. 혼신의 일격을 먹이기는커녕 오히려 목원에게 얻어맞고 인사불성이 되어버린 것이다.

털썩!

목원이 자신의 바로 앞에서 바닥에 쓰러진 이현을 내려다보며 목 뒤쪽을 손가락으로 긁적였다.

"흐음, 역시 풍현, 그 녀석이 종남파의 총력을 기울여 키워낸 천생무골이라 해도 쉽지는 않겠구나!"

뇌까림이나 다름없는 중얼거림과 함께 목원이 이현을 들쳐 업고 문덕전으로 걸어갔다. 자세가 꽤나 익숙하다. 마치 여러 번 이런 일을 해본 적이 있었던 것처럼 말이다.

* * *

"끄응!"

이현은 눈을 뜨면서 앓는 소리를 입 밖으로 냈다.

온몸이 산산조각 나면 이러할까?

무공을 익힌 후 처음으로 이현은 의식을 회복하고도 쉽사리 몸을 움직이지 못했다. 북궁세가에 들어온 후 북궁휘와 목원에게 반복적으로 두들겨 맞아 걸레처럼 변해 버린 몸이 그의 말을 완전히 무시하고 있었기 때문이다.

"허억! 허억! 망할 늙은이들! 내 반드시 복수하고 말 거야! 절대로 이대로 끝나진 않을 거라구!"

"이 공자님, 그만 포기하세요! 그들은 인간이 아니라구요!"

"포기? 으윽!"

머리맡에서 흘러든 목소리에 억지로 고개를 돌리던 이현이 앓는 소리를 냈다. 단지 고개를 옆으로 돌리는 것만으로 극심한 고통을 느꼈던 것이다.

그러자 연서인이 얼른 이현의 입에다가 독한 냄새가 나는 환약을 먹여줬다. 지난 한 달간 그랬듯이 목원에게 받은 내상약을 먹여서 고통을 덜어주기 위함이었다.

그동안 이현은 밤낮으로 북궁휘와 목원을 상대했다.

밤에는 북궁휘가 문덕전으로 찾아왔고, 낮에는 목원이 이현을 치료한 후 도발해서 반쯤 죽을 때까지 패곤 했다. 아주 지독한 늙은이들이었다.

덕분에 이현은 며칠에 걸쳐서 빈번하게 심각한 부상을 당했고, 의식을 잃었다가 깨길 반복했다. 만약 그가 현 무림에서 보기 드물 정도로 강력한 내공과 무공을 겸비한 데다 목원의 탁월한 의술이 없었다면 이미 오래전에 목숨을 잃어버렸을 터였다.

'그런데도 이 남자는 절대 포기하려 하지 않는구나! 이만큼 지독하게 당했으면 제 아무리 의지견정한 사내라 해도 기가 꺾이고 말 터인데도…….'

이현이 두들겨 맞고 의식을 잃어버릴 때마다 곁에서 밤을 세워가며 간호했던 연서인은 내심 감탄했다. 남해의 여인답게 그녀는 강한 남자를 좋아했고, 그건 꼭 무공 능력만을 뜻하는 건 아니었다.

지난 한 달여간 그녀는 이현에게서 어떤 것에도 꺾이지 않는 불굴의 의지와 강인한 심지를 엿볼 수 있었다. 그동안 봤던 어떤 남해의 호걸도 이와 같지 않았다.

"쿨럭!"

약을 삼킨 이현이 마른기침을 터뜨렸다. 목구멍으로 단약이 녹아내리며 손상된 폐 속으로 약력이 스며들었다. 기침이 나오는 것도 무리는 아닐 터였다.

그렇게 얼마나 지났을까?

몇 차례 더 기침을 터뜨리고 헐떡이던 이현의 호흡이 천천히 정상으로 돌아왔다. 목원이 준 약 기운이 돌기 시작하면서 망가졌던 이현의 몸에 점차 활력이 돌기 시작한 것이다. 여태까지 항상 그랬듯이 말이다.

스륵!

이현이 자리에서 일어났다.

여전히 욱신거리는 근골!

조금만 움직여도 당장 산산조각 나 버릴 것 같다.

그러나 이현은 어깨와 다리를 한 차례씩 돌려본 후 미미하게 고개를 끄덕여 보였다. 이만하면 몸을 움직여도 되겠다는 판단을 내린 것이다.

연서인이 다급한 목소리로 말했다.

"조금만 더 쉬세요!"

"충분히 쉬었소."

"하지만!"

그때 방문 밖에서 목원의 목소리가 들려왔다.

"일어났느냐?"

"일어났소!"

"그럼 뭘 하느냐? 얼른 튀어나오지 않고!"

"갑니다!"

이현이 퉁명스러운 대답과 함께 방문을 열고 밖으로 뛰어나갔다. 어느새 살짝 물기가 감돌기 시작한 연서인의 간절한 시선을 외면하고서 말이다.

*　　　　*　　　　*

휘익!

문덕전을 빠져나온 이현은 주변을 한 차례 둘러봤다.

평소와 다름없이 황량함만이 감돌고 있는 문덕전의 주변. 마치 시간이 정지해 있는 것만 같다.

'정말 그런 건가?'

평소에는 그다지 생각해 본 적이 없는 의문을 느끼며 이현이 3장 정도 앞에 느긋하게 서 있는 목원에게 말했다.

"싸우기 전에 한 가지 물어봐도 되겠습니까?"

"말해보거라."

"문덕전, 아니, 북궁세가 전체에 무슨 짓을 했길래 이렇게 완전한 평온 상태로 만들어놓은 겁니까?"

"완전한 평온 상태라……."

이현이 한 말을 나직하게 중얼거린 목원이 미미하게 고개를 끄덕여 보였다.

"…꽤 그럴듯한 말이로구나! 확실히 현재 북궁세가. 그중에서도 이곳 문덕전의 주변은 현재 완전히 외부와 격리되어 있다고 할 수 있으니까."

'역시 그렇군!'

이현이 자신의 예상대로란 생각에 얼른 말했다.

"기문진법을 펼쳐놓은 겁니까?"

"그런 걸로 되겠느냐? 현재 북궁세가의 요소에는 강력한 결계가 펼쳐져 있느니라."

"결계? 명왕종이나 모산파의 술사들이 펼치는 술법을 말하는 겁니까?"

"비슷하다. 목원은 생각 이상으로 재주가 많은 사람이더구나."

"그것도 물어봅시다! 어쩌다가 목원 군사의 몸에 기생하게 된 것입니까? 하는 짓으로 보면 평범한 귀신 따윈 아닌 것 같은데?"

"기생이라니 표현이 지나치구나! 그냥 목원과 노부는 일종의 계약을 맺은 것이니라."

"계약?"

"뭐, 그런 게 있다. 자! 시간 그만 끌고 자세를 잡거라! 오늘도 별다른 깨달음이 없다면 여태까지처럼 적당하게 넘어가진 않을 것이다!"

목원이 담담하게 한마디 던진 후 이현을 똑바로 바라봤다.

시선!

간격을 재려 함이다!

그와 이현 간에 떨어져 있는 정확한 거리를 잰 후 평소처럼 단숨에 공격을 감행하려는 것이다.

'그런 수쯤 이미 간파했다구!'

이현이 내심 눈을 부릅뜨고서 기세를 일으켰다.

현청건강기!

내력을 모아서 하나의 점에 집중시키자 갑자기 목원이 비틀거리며 신형을 뒤로 물렸다.

별것 아닌 것 같은 움직임! 동작!

그러나 이현은 그동안의 경험을 통해서 목원이 어느새 자신에게 공격을 들어오다가 현청건강기에 격퇴되었음을 눈치챘다. 이미 완벽한 임전 태세에 들어가 있던 기감조차 감쪽같이 속인 채 목원은 첫 번째 공격을 감행했던 것이다.

'그리고 거기에 한 가지 공격을 더 섞었다!'

피잇!

뒤늦게 이현이 신형을 가볍게 움직이자 그의 소매가 길게 잘려서 나풀거렸다. 그가 전력으로 펼친 현청건강기의 호신강기의 빈틈을 목원이 파고들었음이었다.

당연히 이건 시작에 불과했다.

스스스슥!

이현이 잠영보와 함께 현청건강기를 은하천강신공으로 변환시켰다.

쿠콰쾅!

그가 맹렬하게 일으킨 은하천강신공의 강기벽에서 순간 맹렬한 굉음이 터져 나왔다. 다시 목원이 공격했고, 은하천강신공의 강기벽이 방어했다. 범인의 눈에는 아예 보이지조차 않는 공수가 연속적으로 이뤄졌다.

휘리릭!

그때 목원이 몇 차례 신형의 변화를 보이다가 갑자기 공중으로 뛰어올랐다.

그다지 높진 않다.

딱 이현의 얼굴을 걷어찰 수 있을 정도만 도약했다.

파팍!

그리고 타격을 가한다.

안면.

어깨.

옆구리.

순식간에 다수의 부위를 치는 타격에 이현의 신형이 크게 휘청거렸다. 갑자기 눈앞에서 무수히 많은 별이 떠오르고 있었다. 머리를 걷어차인 여파로 가벼운 뇌진탕이 온 것이다.

그러다 다음 순간이었다.

팍!

공중에서 빠르게 움직이던 목원의 발목이 이현의 손에 붙잡혔다.

천두대구식! 천두포획(天斗捕獲)!

몇 차례 타격을 허용한 끝에 목원의 발목을 붙잡는 데 성공한 이현이 손에 힘을 가했다. 천두포획의 수법에 오뢰정인의 내력이 더해졌다. 목원의 발목을 포획한 것으로 만족하지 않고 오뢰정인의 내력을 몸속에 주입해서 아예 승부를 종결지으려는 의도였다.

휘릭!

그러자 목원의 신형이 공중에서 다시 기묘한 회전을 보였다.

팍!

퍼퍽!

그의 자유로운 발이 이현의 턱을 걷어찼고, 오뢰정인을 펼치고 있던 오른쪽 손의 완혈을 찍어냈다. 이현이 오뢰정인의 내력을 몸속에 퍼붓기도 전에 그의 반신을 마비시켜 버린 것이다.

휘청!

이현이 결국 목원의 발목을 놓친 채 상반신을 흔들었다.

이미 뇌진탕을 일으킨 상태!

거기에 다시 연타가 가해지자 제아무리 은하천강신공의 호신강기로 보호된 육체라 하나 견딜 재간이 없다. 피를 토하고 쓰러지거나 혼절하지 않은 게 다행일 정도였다. 그 정도로 목원의 연타는 교묘했고, 빨랐다.

그런데 이게 어찌된 일인가!

타닥! 탁!

그 후 잔나비처럼 바닥에 내려선 목원이 한쪽 발을 절면서 신형을 급하게 뒤로 물렸다.

"망할 놈! 참 많이도 수작질을 부렸구나!"

"……."

이현이 뇌진탕을 가라앉히기 위해 태양혈에 직접 내력을 주입하며 씨익 웃어 보였다.

"고수를 상대할 때는 교묘함 속에 다시 교묘함을 숨겨야 하는 법! 선배는 그동안 너무 많이 제게 싸움을 걸었습니다!"

"그래서 이젠 날 상대할 방법을 파악했다는 것이더냐?"

"물론입니다!"

이현이 손을 태양혈에서 떼어내곤 곧바로 지축을 박찼다.

잠영보?

아니다!

그가 펼친 건 은하유영비였다.

지축을 박찬 것과 동시에 한 줄기 빛으로 변한 이현이 곧장 목원을 노려갔다.

파아앗!

그리고 그의 손에서 펼쳐진 벽운천강수!

단숨에 목원을 꿰뚫는다.

그의 살짝 등이 굽은 왜소한 육체를 단숨에 박살 내버렸다.

팟!

아니다. 전혀 그렇지 못했다. 실패했다.

어느새 목원은 이현의 바로 코앞까지 다가들고 있었다. 그가 펼친 은하유영비보다 더 빠르게 그리고 확실하게 간격을 좁히며 벽운천강수의 수강이 변화하기 전에 이현의 품속으로 쏙 들어왔다. 최고로 빠른 경공술을 펼치고 최고로 맹렬한 수공을 일으킨 이현이 결코 피할 수 없는 간격을 확보하는 데 성공한 것이다.

"안됐구나!"

"천만의 말씀!"

"……?"

목원이 의아한 표정을 지어 보인 것과 동시였다.

파아앗!

벽력을 닮은 벽운천강수를 펼치고 있던 이현의 팔꿈치가 맹렬한 회전을 보였다.

숨겨놨던 회심의 절초?

그만 게 아니다.

그냥 박투술의 기본이다.

전혀 간격이 확보되지 않은 상황에서 이현은 마치 기다렸다는 듯 목원에게 반격을 가한 것이다. 극히 단순하고 그만큼 빠른 팔꿈치로 말이다.

좌아악!

이현의 팔꿈치가 스쳐 간 목원의 얼굴에서 핏물이 확 뿜어져 나왔다. 단지 스친 것만으로 얼굴의 반면이 피투성이로 변해 버렸다.

이현은 거기서 그치지 않았다.

파팟!

목원의 얼굴을 스친 팔꿈치를 재간 좋게 돌려서 다시 천두대구식의 변화를 일으켰다. 목원의 목덜미를 손가락으로 낚아채려는 의도였다.

그러자 얼른 상반신 전체를 이동하는 목원.

우둑!

이현이 관절을 뽑아서 팔의 길이를 늘렸다. 그렇게 달아나는 목원의 목덜미를 낚아채는 데 성공했다.

퍼퍽!

그리고 슬격을 가하자 목원의 신형이 휘청거렸다. 이현의 손에 상반신의 움직임이 봉쇄된 상태에서 강력한 무릎 공격을 복부에 허용해 버린 것이다.

"놈!"

목원이 버럭 노성을 터뜨렸다. 이현과 만나서 비무를 가장한 일방적인 폭력의 나날을 보낸 후 처음으로 드러내는 격한 감정이었다.

이현은 개의치 않았다.

'아직이다! 아직이야!'

이현이 손끝에 내력을 모아서 목원의 목을 움켜쥔 채 다시 슬격을 날렸다.

첫 번째보다 강하다! 이번에는 제대로 힘이 실렸다!

파팍!

그러나 회심에 찬 이현의 두 번째 슬격은 아쉽게도 목원의 다리에 가로막혔다. 기막히게도 이현이 거의 독창해 낸 것이나 다름없는 슬격의 궤도를 목원이 파악하고 막아버린 것이다.

게다가 그것뿐만이 아니다.

휘릭!

여전히 이현에게 상반신이 제압당한 상태에서 목원이 미꾸라지처럼 몸을 회전시켰다. 이현의 두 번째 슬격을 막아낸 것과 동시에 몸의 자세를 확 무너뜨리며 어깨를 밀어뜨려 왔다.

철산고! 거기에 한 가지 더!

파앗!

대막 인근의 몽골인들 사이에서 횡행하는 수박의 기술인

뒷다리 걸어 넘기기.

"으헉!"

이현이 나직한 비명과 함께 공중으로 떠올랐다가 바닥에 사정없이 처박혔다. 목원이 갑작스럽게 펼친 몇 가지 생소한 기술에 완전히 당했다.

팍!

이현이 손바닥으로 바닥을 때리며 신형을 일으켜 세웠다.

"쿨럭!"

기다렸다는 듯 입에서 기침과 함께 핏물이 터져 나왔다. 방금 전 목원과 펼친 근접전에서 상당한 양의 내상을 다시 얻고 만 것이다.

'하지만 드디어 저 괴물 같은 늙은이로 하여금 변초를 사용케 만들었다!'

이현은 누더기로 변한 소매로 입가를 훔치며 눈을 빛냈다. 방금 전의 공방에서 내상이 더욱 심해지는 부상을 입었으나 투쟁심은 여전히 펄펄 끓어오르고 있었다. 여전히 패배를 인정할 생각 따윈 없었다.

목원이 그 모습을 지켜보다 목을 주먹으로 톡톡 두들겨 보였다.

"정말 짐승 같은 놈이지 않느냐? 목원은 그동안 죽어가는 네놈을 몇 번이나 치료해 줬거늘 어찌 은혜를 원수로 갚으려

하는 것이냐?"

"제가 공격한 건 목원 군사님이 아니라 선배님인데요?"

"헛소리!"

이현에게 버럭 소리 지른 목원이 마른기침을 몇 차례 터뜨린 후 말을 이었다.

"콜록! 콜록! 네놈이 방금 전에 공격한 건 어디까지나 목원의 육체를 노린 것이었다. 그동안 나와 비무를 하면서 파악한 신체적인 약점을 대놓고 공격한 게지. 어차피 내가 목원의 육체를 고려해서 움직임을 최소화하고 있다는 걸 알고서 말이야."

"들켰습니까?"

"조금쯤 미안해하는 모습을 보이는 게 도리가 아니더냐?"

"왜 제가 미안하죠? 어차피 선배나 저나 강호에서 칼날에 묻은 피를 핥으며 지내는 무림인들인데요?"

"흐흐, 언제는 군자를 목표로 하는 학사라며?"

"선배를 만나고서 생각을 조금 바꿨습니다. 본래 군자의 도(道)란 건 어디까지나 말이 통하는 문명인에게나 펼치는 것이니까요."

"욕 한번 잘하는구나!"

"제가 본래 그런 거 참 잘합니다. 그래서 말인데, 그동안의 가르침에 감사드립니다."

이현이 목원을 향해 정중하게 허리를 숙여 보였다.

방금 전까지 생사를 걸고 싸웠던 상대!

더 정확하게 말하자면 지난 한 달간 죽도록 얻어맞으며 이를 북북 갈았던 상대에게 진심을 담아 사의(謝意)를 표한 것이다.

목원이 눈살을 가볍게 찌푸려 보였다.

"아주 대놓고 날 보내려고 하는구나!"

"선배도 아시잖아요. 더 이상 목원 군사님의 몸으로 저와 싸울 수 없다는 걸요."

"뭐, 그건 그렇지. 이미 네놈한테 약점을 간파당한 상황에서 다시 싸웠다가는 목원이 죽어버릴 테니까."

"예, 분명히 그렇게 될 겁니다. 그러니……."

잠시 말끝을 흐리며 목원을 똑바로 쳐다본 이현이 눈에 살기를 담았다.

"…이제 그만 북궁휘의 몸으로 오십시오!"

목원은 잠시 이현을 바라보며 묘한 표정을 지었다.

탐색을 하기 위함일까? 그렇진 않았다.

그가 갑자기 파안대소를 터뜨렸다.

"푸헐! 그놈 성격 한번 화끈하구나! 갑자기 이렇게 나오는 것이냐?"

"화끈한 게 아니라 악에 바친 겁니다만?"

"북궁휘와 내가 그렇게 밉더냐?"

"예, 특히 북궁휘와는 사생결단을 낼 작정입니다!"

목원이 웃음을 멈추고 가볍게 손을 저어 보였다.

"아서라! 한 달 전보다 조금 나아졌다곤 하나 아직 네놈은 북궁휘를 정면에서 상대하기엔 많이 미흡하다."

"알고 있습니다."

"그래도 상관없다?"

"예."

단호한 이현의 대답에 목원이 고개를 갸웃해 보이곤 입가에 남아 있던 웃음기를 마저 지워 버렸다.

"흠, 그래도 아직은 안되겠다."

"어째서입니까?"

"북궁휘는 현재 내게 제지를 당해서 살기를 억누르고 있을 뿐이니라. 만약 네놈의 생각대로 본격적인 싸움에 들어간다면 내 북궁휘에 대한 영향력이 약해져서 자칫 천하 무림에 참변이 벌어지게 될 것이다."

"참변은 이미 벌어진 것 같습니다만?"

"북궁세가에서 북궁휘 녀석이 저지른 일을 말하는 것이냐? 그 정도는 참변이랄 것도 없느니라."

"그럼 어느 정도가 되어야 참변이랄 수 있습니까?"

"적어도 전 무림의 절반가량이 피바다 정도는 이뤄야 하지 않겠느냐?"

"북궁휘에게 그 정도의 능력이 있습니까?"

"북궁휘 혼자서는 그리할 수 없겠지. 하나 녀석은 현재 혼자가 아니니라."

이현이 목원을 손가락으로 가리키자 그가 단호하게 고개를 저어 보였다.

"네 녀석은 근본적으로 잘못 생각하고 있다. 내가 현재 북궁휘에게 영향력을 행사하고 있는 건 맞지만 어디까지나 녀석의 살기를 억누르고, 북궁세가의 결계 속에 머물러 있게 하는 정도일 뿐이다. 그러기 위해서 종종 북궁휘의 몸속에 빙의하는 것이고 말이다."

"북궁휘의 몸으로 그동안 절 마구 두들겨 팬 건 인정하시는 거로군요?"

"그래야 네놈에게 향하고 있는 북궁휘의 살기를 조금이라도 늦출 수 있을 테니까."

"단지 그 이유뿐이었습니까?"

"설마?"

어깨를 가볍게 추어보인 목원이 장난기 어린 표정으로 눈을 반짝이며 말했다.

"나는 네놈이 그럭저럭 쓸 만해서 그동안 시간을 들인 것이다. 어쩌면 심마에서 벗어나서 제법 그럴듯한 한 자루 검이 될지도 모른다는 생각이 들었거든. 그런데 네놈은 너무 잔머리가 지나쳐! 설마하니 목원의 신체적인 약점을 파고들어서 막싸움으로 이길 생각 따위나 할 줄이야."

"제가 본래 좀 상상을 불허하는 사람이지요."

"그런 게 아니라 정파인답지 않은 게지. 풍현같이 꽉 막힌 녀석에게서 어떻게 네놈 같은 제자가 나왔는지 모르겠구나."

"싸움에는 왕도가 없다고 생각합니다만?"

"싸움에는 왕도가 없지. 하지만 그런 막싸움으로 이길 수 있는 건 목원의 몸에 의탁하고 있는 나 정도에 불과하다. 그 점을 네놈도 모르진 않을 터인데, 어째서 준비도 되지 않은 상태로 북궁휘에게 목숨을 내놓으려 하는 것이냐?"

"그래야 선배가 진심이 될 테니까요."

"진심?"

"예, 저는 선배의 진심이 알고 싶은 겁니다. 어째서 화산파와 앙숙 관계인 종남파의 제자인 저 마검협 이현의 심마를 벗어나게 해주려 고생하고 있는지에 대해서 말입니다."

"흐흐, 그런 것도 다 알고 있었더냐?"

"화산파 제자를 제외하고 천하에서 그곳의 무공을 가장 잘 알고 있는 게 아마 저일 겁니다. 선배가 전혀 화산파 무공을 사용하지 않았지만 지극히 화산지학의 기본에 충실했다는 건 곧 알 수 있었습니다."

"흠, 그런데도 계속 내게 덤볐던 것이냐?"

"그래서 더욱 덤빌 수밖에 없었지요."

"왜?"

"선배야말로 제가 무공을 익힌 목적이니까요! 운검 선배!"

"과연 그런 이유였더냐?"

"예, 그런 이유였습니다."

단호하게 대답하며 이현은 내심 이채를 발했다. 그가 기습적으로 날린 질문에 목원이 별다른 반응을 보이지 않았기 때문이다.

'설마 운검 선배가 아닌 걸까? 하지만 천하에 그를 제외하고 이만큼 화산지학의 정수를 체득(體得)한 명인이 더 있으리라곤 상상할 수 없는데…….'

이현이 내심 상념에 빠져 있을 때였다. 갑자기 목원이 히죽 웃어 보였다.

"흐흐, 생각보다 빨리 이런 순간이 왔구나."

"……."

"네놈의 몸 좀 빌리자구나!"

"……."

이현이 뭐라고 대답하기도 전이었다.

부르르!

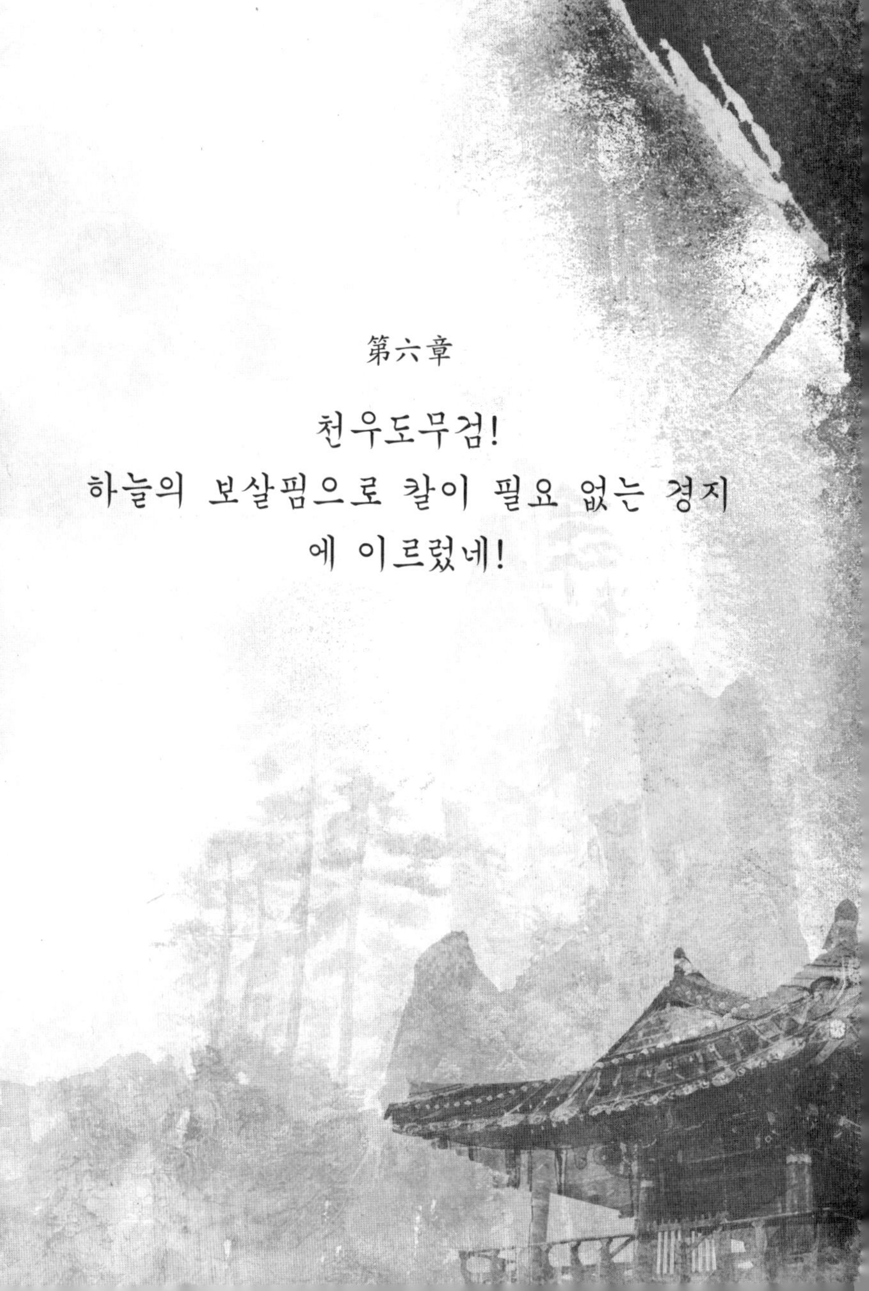

第六章

천우도무검!
하늘의 보살핌으로 칼이 필요 없는 경지에 이르렀네!

얼마 전 목원이 목원이 아니게 될 때와 똑같은 변화!

느닷없이 전신을 크게 떨어 보인 목원이 풀썩 바닥에 무너져 내렸다. 그리고 곧이어 이현은 형언하기 어려운 이질감을 느끼며 내심 기함을 터뜨렸다.

'뭐, 뭐야!'

[저항하지 말거라!]

'저항하지 말라니! 당신 같으면 그리하겠소!'

이현은 오히려 격렬하게 저항했다.

느닷없이 자신의 몸속으로 파고든 이질적인 기운으로부터

스스로를 보호하기 위해서 미친 듯 몸부림쳤다.

하단전으로부터 내력을 있는 대로 모아서 기경팔맥과 십이정경으로 전달하다가 중단전의 힘을 북돋고, 다시 상단전으로 전력 질주시켰다.

이런 종류의 사마외도의 사술이나 이혼대법으로부터 몸을 보호하는 데 그는 꽤 익숙했다. 쉽사리 목원처럼 운검진인에게 몸을 빼앗길 이유가 없는 것이다.

그러자 과연 갑자기 이현의 몸속에 침투한 이질적인 기운이 쭈욱 밀려났다.

순식간에 몸속에서 기운을 잃었다.

이대로 조금 더 힘을 가하면 완전히 몸 밖으로 추방할 수 있을 것 같았다.

그때 다시 이현의 머릿속에서 목소리가 들려왔다.

[후회할 텐데?]

'후회는 무슨! 당장 내 몸속에서 떠나라! 이 늙다리 요물아!'

이현은 내심 버럭 소리 지르며 상단전에 더욱 힘을 가했다. 그러자 그의 두 눈에 신기(神氣)가 어리며, 인당혈이 강한 빛을 뿜었다.

그때였다.

스으— 팟!

기묘한 기운에 휘감겨 있던 문덕전 안으로 갑자기 백발의 도객이 날아왔다.

천하제일도 북궁휘!

북궁세가의 태상가주이자 지난 한 달간 이현을 몇 차례나 반죽음으로 만들었던 장본인의 갑작스러운 등장이었다.

천무각에서 맞부딪쳤던 첫날을 제외하곤 그는 항상 밤에 이현을 찾아왔다. 낮 동안은 천무각에 처박혀서 전혀 밖으로 나서지 않았다.

그런데 오늘은 아직 대낮임에도 문덕전으로 모습을 드러냈다. 이유가 궁금하지 않을 수 없다.

[내가 후회할 거라고 했지?]

그때 다시 머릿속에서 일어난 이죽거림이 담긴 속삭임에 이현이 인상을 잔뜩 찡그려 보였다.

'설마 선배가 그동안 북궁세가에 펼쳐놨던 결계가 깨진 것입니까?'

[그것뿐이겠느냐? 네놈이 목원의 몸을 상하게 만든 탓에 북궁휘 녀석을 제어하던 기운까지 모조리 소멸해 버렸다. 이제 어찌할 것이냐?]

'진검승부?'

[푸헐! 그놈, 성깔머리 한번 대차구나! 뭐, 네놈에게도 생각이 있을 테니, 마음대로 해보거라.]

'쳇! 정말 사람 열받게 하는 데는 큰 재주가 있는 선배로군!'

이현이 내심 투덜거리며 북궁휘를 쏘아봤다.

지난 한 달간 그를 몇 번이나 죽음 직전까지 몰아넣었던 장본인!

솔직히 말해서 운검진인으로 생각되는 목원에 몇 배는 될 정도로 이가 갈린다.

그도 그럴 것이 이현은 그동안 목원이 적당히 사정을 봐주며 자신을 공격했다는 걸 알고 있었다. 붙을 때마다 엄청나게 두들겨 패곤 했으나 항상 치명상을 가하진 않았다. 고수가 하수에게 한 수 가르치는 일종의 지도 비무를 해준 것이다.

이유는 곧 알 수 있었다.

심마!

바로 그걸 깨버리기 위해서 목원은 이현을 몰아붙였다.

무학이 지고의 경지나 다름없는 절대지경에 오른 상황에서 맞이한 심마를 그런 식으로 벗어나게 도와줬다.

덕분에 이현은 목원과의 연속된 비무를 통해서 상당한 깨달음을 얻었고, 심마에서도 상당 부분 벗어날 수 있었다. 어떤 면에선 사부 풍현진인에게도 경험해 본 적이 없던 지고한 무공의 전수를 목원에게 다소 거친 방법으로 받았다고 봐도 무방할 터였다.

반면 눈앞의 북궁휘는 천무각에서의 일전 이후 꾸준히 이현의 목숨을 노렸다. 중간중간 그의 살기 어린 공격을 목원이 나서서 해소시켜 주지 않았다면 분명 여태까지 목숨을 부지할 수 없었을 터였다.

당연히 이현에게 있어 지난 한 달간은 굴욕의 나날, 그 자체였다. 원수나 다름없는 북궁휘에게 연속적으로 무공으로 깨지는 한편, 맞수인 화산파 선배의 도움으로 목숨을 연명해야만 했기 때문이다.

'하지만 그동안 내가 아주 놀고만 있었던 건 아니란 말씀이야!'

내심 눈을 빛낸 이현이 손을 문덕전 쪽으로 뻗었다.

쉬아아아악!

그러자 문덕전 안에서 날카로운 파공음과 함께 벼락같은 속도로 검이 날아왔다. 연서인에게 받은 후 돌려주지 않은 연검이 이기어검의 형태로 날아온 것이다.

슥!

북궁휘가 공중에서 잠시 움찔했다.

하늘을 날아오다 갑자기 능공허도의 수법으로 허공에 멈추곤, 수중의 장도를 휘둘렀다.

번쩍!

그러자 대뜸 눈부신 빛에 휩싸인 연검!

창!

순간적으로 검강이 무색할 정도로 강렬한 빛무리를 일으킨 연검과 북궁휘의 장도가 충돌했다.

한 번이 아니다.

두 번!

세 번!

열 번!

숨 한번 들이켤 정도의 시간 만에 무려 열 차례나 연검과 장도는 부딪쳤고, 곧 우열이 드러났다.

"우웩!"

이현이 입에서 피 화살을 토해냈다.

방금 전 자신의 몸속에 침투한 목원을 밀어내기 위해 상중하, 삼단전 전체에 내력을 활성화시켰는데도 불구하고 북궁휘에게 밀렸다. 한 가닥 진기로 연결한 이기어검으로 공중에 떠 있는 그를 공격했으나 단 십 초를 감당하지 못하고 약세를 드러낸 것이었다.

당연히 북궁휘가 그 같은 허점을 놓칠 리 없다.

차앙!

그의 장도가 다시 휘둘러지자 이미 기세를 완전히 잃어버린 이현의 연검이 단숨에 두 동강 났다. 북궁휘의 장도에 담긴 찬연한 광채가 벼락같이 움직여 연검을 쪼개 버린 것이다.

"커헉!"

이현이 다시 신음을 흘리며 뒤로 몇 걸음 물러났다. 그사이 그와 연검 사이의 기의 연결은 완전히 끊겨 버렸다. 이기어검술 자체가 완전히 박살 나버렸다는 뜻.

그러자 북궁휘가 장도와 하나를 이뤘다.

신도합일?

그보다 더욱 강력한 공세의 발동이다.

일순간 그와 하나가 된 장도 전체가 빛에 휘감겼다. 하늘에 갑자기 두 개의 태양이 떠오른 것과 같다. 그런 환상마저 야기시킬 정도의 기세였다.

[그만 고집부리고 내게 몸을 넘겨라! 그러다 너 진짜 죽는다!]

'그럼 선배는 여기서 반격을 가할 수 있는 거요?'

[물론이지. 북궁휘, 저놈 저거 별거 아냐. 예전엔 내 한주먹거리도 못 되는 놈이었어.]

'검도쌍신이었다면서요?'

[그거야 뭘 모르는 강호 호사가들이 하는 소리지. 그래서 넘길 거냐? 말 거냐? 저놈 완전히 작심했다! 지금!]

이현 역시 그걸 모르지 않는다. 딱 보기에도 북궁휘는 지금 여태까지 펼쳤던 것 중 가장 막강한 성명절학을 펼치려 하고 있었다. 이현을 단숨에 절멸(絶滅)시키기 위해서 말이다.

'에라 모르겠다!'

이현이 눈을 질끈 감고 고개를 끄덕였다. 이런 곳에서 죽고 싶진 않았기 때문이다.

[흐흐, 진작 그럴 것이지!]

특유의 이죽거림 섞인 웃음과 함께 예의 이질적인 기운이 단숨에 이현의 몸을 장악했다.

촌분?

그것보다 훨씬 짧은 순간에 이현 몸의 주체가 완전히 바뀌어 버린 것이다.

그리고 그와 동시였다.

순간적으로 신도합일에 들어간 북궁휘가 하늘에서 이현을 노리며 벼락같이 떨어져 내렸다.

번쩍!

하늘의 천신의 도끼라 불리는 천부(天斧)가 떨어져 내리는 게 이러할까?

북궁휘의 신도합일이 휩쓸고 간 문덕전의 앞에 직경 삼 장에 달하는 거대한 홈이 패였다. 얼핏 보는 것만으로도 깊이 역시 직경에 버금갈 정도란 걸 알 수 있다.

그럼 이현은?

그는 어느새 문덕전의 바로 앞까지 물러서 있었다.

정확히 북궁휘가 펼친 신도합일의 영향권에서 반걸음 정도 벗어난 위치였다.

스으으!

북궁휘가 다시 공중으로 떠올랐다.

자신이 만든 천부의 흔적 바로 위에 능공허도를 이용해 떠오른 것이다.

그 모습을 지켜보던 이현의 입가로 히죽 미소가 떠올랐다.

"늙어서도 여전히 힘 조절을 못하는구나!"

"너는……."

북궁휘가 인상을 찌푸려 보였다. 눈앞의 이현이 자신이 알고 있던 지난 한 달간의 그와 달라졌다는 걸 눈치챘기 때문이다.

그러나 단지 그뿐.

곧 무심한 눈빛 속에 진한 살기를 떠올린 북궁휘가 수중의 장도를 치켜 올렸다.

"일도천폭(一刀天暴) 다음엔 풍랑광풍(風浪狂風)인가? 그딴 거 말고 창파무한(蒼波無限)을 펼쳐봐! 굳이 승부를 길게 끌고 갈 필요는 없으니까 말이야."

"…감히!"

북궁휘의 눈 속에 담긴 살기가 더욱 짙어졌다. 이현에게 북궁세가의 최강절기인 창파도법에 대한 지적을 당하자 심중의 분노가 더욱 강해진 것 같다.

바로 그때였다.

슥!

이현이 마치 기다리기라도 했다는 듯 신형을 움직였다.

움찔!

북궁휘의 신형이 공중에서 가볍게 진동했다. 잠시 잠깐만에 그의 호흡 사이로 이현이 파고들어 왔기 때문이다. 그리고 그 움직임으로 인해 두 사람 사이의 간격이 극단적일 정도로 좁혀졌다.

파팟!

이현의 수장이 북궁휘의 가슴 바로 앞에서 가로막혔다. 북궁휘가 급하게 도파를 내려뜨려 이현의 수장을 막아냈기 때문이다.

툭!

그러자 이현이 수장을 돌려서 장저(掌底)로 도파를 가볍게 건드렸다.

극히 미세한 변화!

타격 역시 마찬가지다.

북궁휘의 방어만큼이나 단순하고 미세하며 작은 동작 교정이었다.

그러나 그로 인해 벌어진 변화는 전혀 그렇지 않았다.

주륵!

북궁휘의 손에서 장도가 거짓말처럼 날아갔다. 도파를 때린 이현의 장저에 떠밀려서 장도를 놓쳐 버린 것이다.

퍽! 퍼퍽!

그리고 이현이 북궁휘의 품속으로 파고들며 슬격을 가한다.

한 번!

아니, 연달아 몇 차례나 연타했다.

그의 복부로부터 시작해서 순식간에 몇 군데나 되는 치명적인 중혈을 건조할 정도로 단순하고 빠르게 때렸다. 이현과 얼마 전 겨뤘던 때를 떠올리게 하는 모습이랄까?

'전혀 다르다! 이건… 정말 굉장해……!'

이현은 내심 감탄성을 터뜨렸다.

그럴 수밖에 없다.

지난 한 달간.

거기에 더해 방금 전 몸을 내주기 전, 목원과 행했던 비무는 단언컨대 지금의 움직임에 비견할 수 없었다. 굳이 표현하자면 어린아이와 어른의 차이만큼 달랐다. 동작이나 움직임은 비슷해 보이나 그 속에 담겨 있는 진경 자체가 하늘과 땅만큼 차이가 났다.

지도 비무!

다시금 그 말을 떠올리지 않을 수 없었다. 목원은 분명 이현을 충분할 정도로 봐주면서 상대해 줬던 것이다.

'그건 그것대로 화가 난다구!'

내심 분노성을 터뜨리면서도 이현은 눈을 부릅떴다. 자신의 몸을 통해 목원이 행하고 있는 무학의 극치를 단 하나도 놓쳐선 안 된다고 생각했기 때문이다.

퍼퍽!

그때 신형을 크게 휘청이는 북궁휘의 몸에 북궁휘가 쌍당장을 박아넣었다. 슬격의 연타와 함께 몸을 극단적일 정도로 웅크렸다가 양 수장을 모아서 북궁휘의 상반신에 벼락같은 일격을 날린 것이다.

부아앙!

그 결과 북궁휘가 실 끊어진 연처럼 날아갔다.

족히 오 장 밖!

그는 문덕전 외곽에 위치한 중문까지 날아갔다.

쾅!

중문을 부숴 버렸다.

그리고도 한참을 더 날아가 버렸다. 그렇게 이현의 시야에서 완전히 사라졌다.

'우와!'

탄성을 발하며 이현은 자신의 손을 내려다봤다. 고작 쌍당장 일격에 그동안 자신을 몇 번이나 죽일 뻔했던 북궁휘가 시야 밖으로 날아가 버렸다. 당황감과 의아함을 동시에 느끼는 것도 무리는 아니었다.

[뭘 그렇게 놀라는 것이냐?]

으스대는 기운이 완연한 목소리를 향해 이현이 의문을 섞어 말했다.

'이걸로 끝난 겁니까?'

[그럴 리가?]

'그럼?'

이현이 의혹을 느낀 것과 동시였다.

스으— 팟!

북궁휘가 다시 하늘을 가로지르며 날아왔다.

처음보다 두 배는 더 빠르다.

그리고 더욱 맹렬했다.

게다가 한 가지 더!

패앵!

이현이 하늘로 날려 보냈던 장도가 날카로운 파공성을 내며 날아왔다.

'이기어도?'

[네놈이 펼쳤던 어설픈 이기어검술과는 다르다!]

'어떻게요?'

[세 배쯤 더 빠르달까?]

'세 배?'

이현이 눈살을 찌푸려 보인 것과 동시였다.

하늘에서 곧바로 떨어져 내리던 장도가 붉은빛에 휩싸인 채 방향을 바꿨다.

직각에서 곡선으로.

거기에 더해 대지를 긁어대는 도강을 빛살처럼 사방으로 쏟아냈다.

'헉!'

이현은 평생 처음 보는 장대한 광경에 입을 가볍게 벌렸다. 설마 무공으로 이런 게 가능할 줄은 몰랐다. 여태까지 상상조차 해본 적이 없었다.

[뭘 쫄고 그러냐? 심상을 통한 수련을 해봤다면 대충 원리 정도는 알고 있을 텐데.]

'그래도 이건…….'

[시끄럽고! 조용히 지켜보거라! 이 선배가 어떻게 네놈의 몸을 사용해 주시는지 말이야!]

'…….'

이현은 입을 다물었고, 반보가량의 이동만으로 자신을 향해 쏟아져 내린 붉은색 검강 세례의 범위를 벗어났다.

슥!

그리고 손을 가볍게 뻗자 막 그의 목을 자르려 반회전하던 장도가 부르르 도신을 떨었다. 손날을 휘두르는 간단한 동작으로 북궁휘와 장도 사이의 기의 흐름에 타격을 입힌 것이다.

툭!

이어 다시 수장을 휘젓자 허공중에서 흔들리던 장도가 붉은 기운에서 벗어나 자하의 빛으로 물들었다.

'자하신공? 아니다! 저건 자하구벽검!'

이현이 내지른 탄성 속에 자하의 빛으로 물든 장도가 어느새 삼 장 앞까지 날아온 북궁휘에게 쏜살같이 날아들었다.

十年磨一劍(십년마일검)!

카캉!

북궁휘의 수장이 자하의 검강을 두른 십년마일검의 검초를 막아냈다.

아니다.

막아냈다기보다는 튕겨내 버렸다. 갑자기 폭발적으로 증폭된 수장의 붉은 강기로 말이다.

[과연!]

'과연?'

이현이 탄성과 함께 십년마일검을 막아내느라 공중에 잠시 멈칫한 북궁휘를 향해 파고들었다.

적수공권!

전혀 문제가 되지 않았다.

霜刃未曾試(상인미증시)!

어느새 이현의 손에는 검이 들려져 있었다.

쇠붙이로 된 게 아니다.

무형의 검!

아무것도 없던 손에 진기가 모여서 강기를 형성했고, 다시 그것이 마치 천 년 동안 갈고 닦인 검형을 이뤘다. 그리고 그 자하의 검형이 북궁휘를 곧바로 찔러 들어갔다. 그의 사각을 아무렇지도 않게 선점하고서 사선을 그리며 몸을 꿰뚫어 버린 것이다.

"허어!"

검에 찔린 북궁휘가 입을 벌린 채 고통스러운 비명을 토하자 이현이 차갑게 외쳤다.

"이 마물아! 당장 내 친구의 몸에서 떠나거라! 아니면 지난

번처럼 다시 네놈을 죽여 버리고 말 것이다!"

"싫… 다……!"

순간 북궁휘가 고개를 기묘한 각도로 돌려 이현을 바라봤다.

그의 입가에 걸린 기묘한 미소!

'윽!'

보는 것만으로 이현은 정신이 소멸하는 것 같아 이를 악물었다.

[정신 똑바로 차리고 잘 보거라!]

'예? 예!'

"그럼 어쩔 수 없구나! 네놈을 다시 죽일 수밖에!"

이현이 버럭 소리 지르며 다시 수중의 무형의 검형을 변화시켰다.

今日臨揮時(금일임휘시)!

무형의 검형이 변화를 일으키자 북궁휘의 전신에서 붉은색 마기가 미칠 듯 뻗어나갔다.

수십? 수백 개!

그렇게 많은 붉은색 마기가 북궁휘의 전신에서 뻗어 나와 곧바로 이현을 노리며 방향을 고정시켰다. 북궁휘의 몸속에 무형의 검형을 박아넣은 찰나의 순간을 노려서 인간 세상에선 감히 상상조차 할 수 없는 반격을 가해온 것이다.

그러자 이현의 입가에 떠오른 강인한 미소!

天祐到無劍(천우도무검)!

번쩍!

순간, 북궁휘의 몸속에 박아 넣은 무형의 검형을 포기하고 신형을 뒤로 물린 이현의 전신이 담담한 빛에 휩싸였다. 어떤 것과도 비슷하지 않은 현묘로운 빛!

자하구벽검의 특징이라 할 수 있는 자하의 빛마저 소멸해 버린 그 찰나의 순간, 북궁휘의 몸을 떠난 수백 개의 붉은색 마기가 모조리 소멸해 버렸다. 단숨에 어떤 것도 아닌 존재, 허무(虛無)로 귀일(歸一)하게 만든 것이다.

십 년 동안 칼 한 자루 갈았다네
서릿발 같은 칼날 아직 시험치 못했노라
오늘에서야 칼 휘두를 때를 만났으나
하늘의 보살핌으로 칼이 필요 없는 경지에 이르렀네

나직한 이현의 중얼거림 속에 북궁휘가 바닥에 석상처럼 굳어 버렸다. 이현이 마지막으로 펼친 천우도무검이 결국 모든 걸 끝내 버린 것이다.

그리고 바로 그때였다.

파창!

파창!

파창!

갑자기 문덕전을 포함한 북궁세가의 전역에서 기묘한 기음이 연달아 터져 나왔다.

마치 무언가가 터져 나가는 것 같은 소리!

'이거… 뭔 소리입니까?'

[내가 북궁세가 전역에 펼쳐놨던 결계가 깨지는 소리니라.]

'아하! 그런데 왜 갑자기?'

[멍청한 녀석! 내가 어째서 그동안 북궁세가에 결계를 펼쳐놨을 거라고 생각하는 것이냐?]

'그건…….'

잠시 생각에 잠겼던 이현이 뭔가를 깨닫고 눈을 반짝였다.

'…선배님은 그동안 북궁휘를 북궁세가에 가둬놓고 있었던 거로군요? 그가 북궁세가를 벗어나지 못하게 하려고!'

[아주 바보는 아니구나. 그래, 네놈 말대로 나는 북궁휘를 그동안 결계로 북궁휘를 북궁세가에 가둬놓고 있었느니라. 목원이 아주 큰 도움이 되었지. 목원은 북궁세가의 총군사답게

결계나 기문진법에 무척 탁월한 능력이 있었거든.]

'그런데 한 가지 궁금한 점이 있습니다.'

[말해보거라.]

'어째서 선배님은 직접 북궁휘를 제거하지 않은 겁니까? 선배님의 능력이라면 북궁휘가 몇 명이 있어도 상대가 되지 않았을 텐데요?'

[녀석, 아부는! 북궁휘는 원래 이렇게 약하지 않다. 육체를 사악한 존재한테 빼앗겨서 본래보다 훨씬 약해졌을 뿐이니라.]

'그럼 혹시 선배님도 그 사악한 존재에게 육체를 빼앗기신 겁니까?'

[그런 건 아니다.]

'그럼?'

[놈들이 왔다! 질문은 다음에 하고 준비하거라!]

'예? 무슨 준비를…….'

이현이 갑자기 몸속을 가득 메우고 있던 이질적인 기운이 사라지는 걸 느끼며 신형을 휘청거렸다. 그리고 입 밖으로 터져 나오는 검붉은 핏덩이!

"쿨럭!"

이현은 갑자기 몸의 제어권을 회복한 것과 동시에 극심한 통증과 허탈감을 경험했다.

더욱 심해진 내상!

거의 텅텅 비어버린 단전!

모든 것이 최악이었다.

더 나빨래야 나쁠 수가 없을 만큼 심각한 상태로 몸의 제어권을 되찾게 된 것이다.

그런데 아니었다.

더 나빠질 여지가 아직 남아 있었다.

"우와아!"

"우와아아아!"

갑자기 문덕전을 중심으로 사방에서 엄청난 함성과 함께 수백 명이 넘는 복면 무인들이 모습을 드러냈다. 각기 검과 도, 창, 도끼 등을 든 복면 무인들은 하나같이 일류 이상의 무위로 보인다. 한 명 한 명이 범상치 않은 능력을 지닌 최정예라는 뜻이었다.

"이건 도대체……."

[빨리 대비해라! 저놈들 북궁휘의 몸을 네놈에게서 탈취하는 게 목적이니라!]

'…그런 걸 알면서 이런 식으로 몸을 돌려주신 겁니까?'

[네 몸이 허접한 걸 어쩌겠느냐? 북궁휘랑 한 차례 싸웠더니, 신기(神氣)가 모조리 소진돼서 내가 더 머물렀다간 네놈이 죽어버리게 생기지 않았겠느냐?]

'우와! 고마워라! 그러니까 선배가 몸을 돌려준 걸 제가 무척 고마워해야 하는 상황인 거로군요?'

[뭐, 은혜는 나중에 천천히 갚도록 하거라.]

'하아!'

내심 장탄성을 터뜨린 이현은 호흡을 가다듬었다.

현재 몸 상태!

내상은 더욱 깊어졌고, 내력은 거의 한계치까지 사용했다.

이가장에서 부친 이정명을 만나 변화를 경험한 후 한 번도 느껴본 적이 없던 완전 허탈의 상황에 도달해 버렸다. 당장 가부좌를 틀고 앉아서 운기조식에 들어가거나 땅바닥에 드러누워 사흘 정도 숙면에 들고 싶을 정도였다.

그런데 설상가상으로 최소한 일류급은 되어 보이는 복면 무인들 수백 명에게 포위를 당해 버리고 말다니!

"이거 최악이로구만!"

이현이 툴툴거리듯 한마디를 던지고 손가락을 들어서 복면 무인들에게 까닥거려 보였다.

"뭐, 이렇게 됐으니, 빨리 끝내도록 하자!"

"우와아!"

"우와아아아!"

복면 무인들이 이현을 향해 폭풍과 같은 기세로 파고들어 왔다. 마치 모든 것을 박살 내버리기라도 하려는 것처럼 말이다.

*　　　*　　　*

"이건……!"

북궁창성은 북궁세가의 전경을 바라보다 버럭 소리 질렀다.

그럴 수밖에 없다.

보름 전 그는 북궁한성과 조우한 후 그의 도움을 받아 빠르게 북궁세가의 방계 세력을 결집시켰다.

북궁휘에게 갑작스럽게 북궁세가 본가가 넘어갔고, 얼마 지나지 않아 5할에 가까운 세가원이 참변을 당한 걸 생각하면 거의 기적적인 성과였다.

북궁세가 3대 무력 단체 중 하나이자 최고의 정보조직인 잠영은밀대가 북궁한성의 지휘하에 온전한 전력을 유지한 게 결정적인 요인이었다.

그동안 북궁한성은 잠영은밀대를 이끌고 섬서성 일대를 돌아다니며 북궁세가의 나머지 방계 세력을 집결시키고 있었다. 태상가주 북궁휘의 전횡과 피의 숙청을 납득할 수 없었기 때문이다.

당연히 천풍신도왕의 2공자인 북궁창성과의 만남은 북궁한성과 그를 중심으로 모인 방계 세력의 기폭제가 되었다.

태상가주 북궁휘의 위명에 짓눌려서 반기를 들기를 주저하던 방계의 나머지 세력이 일제히 북궁창성의 이름하에 집결했다. 그들 역시 석연치 않은 태상가주 북궁휘의 등장과 연이어 벌어진 피의 숙청에 반감이 쌓일 대로 쌓여 있었던 것이다.

그로부터 십여 일 후!

북궁창성은 전 가주 천풍신도왕 북궁인걸과 태상가주 북궁휘의 손에 죽은 형 북궁준영의 이름을 내걸고 북궁세가로 진격하게 되었다.

참마도협 북궁한성의 잠영은밀대!

창룡척멸검 담패진의 창룡전병대!

태상가주 북궁휘가 벌인 피의 숙청에서 온전히 세력을 유지한 양대 무력 단체를 앞세웠다.

그들과 방계의 힘을 빌려서 단숨에 북궁세가를 함락시키고 태상가주 북궁휘와 일대 결전을 벌이려 했다. 미리 북궁세가에 침투했던 이현과의 연락이 끊겼기에 어쩔 수 없이 승부의 때를 앞당길 수밖에 없었다.

그러나 단숨에 수천의 군세를 휘몰아 북궁세가에 도착한 북궁창성은 곧 곤란한 상황에 직면했다. 북궁세가 전체를 휘감고 있는 기묘한 안개와 정체불명의 기상 변화에 아예 싸움 자체를 수행할 수 없게 되었기 때문이다.

딱 봐도 위험하다!

심상치 않아 보인다!

그래서 북궁창성은 북궁세가 탈환전을 뒤로 미루고 북궁한성에게 명해서 잠영은밀대를 움직였다. 그곳의 1급 요원들을 먼저 침투시켜서 북궁세가를 휘감고 있는 기이한 기상 변화의 원인과 파훼법을 알아내기 위함이었다.

'하지만 그 시도는 몇 번이나 실패로 돌아갔다. 잠영은밀대의 1급 요원들은 번번이 북궁세가 침입에 실패했고, 다른 자들 역시 마찬가지였다. 그런데 갑자기 북궁세가를 휘감고 있던 안개와 극심한 기상 변화가 모조리 사라져 버리다니!'

내심 눈을 빛내며 생각을 정리하고 있던 북궁창성의 곁으로 북궁한성이 다가왔다.

"2공자님, 북궁세가 내부에서 큰 변동이 벌어졌음이 분명합니다!"

"어찌하는 게 좋겠습니까?"

"다시 1급 요원을 투입시켜서 혹시 모를 위험에 대비한 후 곧바로 본가 탈환전에 돌입해야 한다고 봅니다!"

"담 대주의 생각은 어떠신지요?"

북궁창성의 질문에 환하게 드러난 북궁세가의 전경을 냉철한 시선으로 바라보고 있던 담패진이 담담한 어조로 대답했다.

"본인 역시 잠영은밀대주의 의견에 동의하는 바이오. 다만!"
슬쩍 말꼬리에 힘을 준 담패진이 북궁창성을 돌아봤다.
"이번 탈환전의 선봉은 창룡전병대에게 맡겨 주셨으면 하오."
"그러도록 하지요."
북궁창성이 선선히 응낙했다. 정보의 침투, 파괴, 적진 분열에 최적화된 잠영은밀대보다 백병전에는 창룡전병대가 적합하단 걸 알고 있었기 때문이다.
그때 북궁한성과 담패진이 거의 동시에 소리쳤다.
"북궁세가 내부에서 싸움이 벌어지고 있습니다!"
"우리보다 먼저 북궁세가에서 싸움을 벌이고 있는 자들이 있었을 줄이야!"
'이 사형!'
북궁창성이 내심 소리쳤다.

북궁세가 내부에서 벌어지고 있는 싸움!

천하제일세가 서패 북궁세가에 홀로 싸움을 걸 수 있는 천하무쌍의 무인을 그는 한 명 알고 있었다. 천하제일인 운검진인에게 당당하게 도전장을 던진 종남파의 제일고수 마검협 이현이란 존재를 말이다.

하지만 과연 그가 태상가주 북궁휘를 이길 수 있는 걸까?

혼자서 북궁세가에 남은 3할가량의 병력을 감당할 수 있는 것일까?

그 점을 확신할 수 없어서 북궁창성은 마음이 조급해졌다.

홀로 사지에서 싸우고 있을 이현.

자신에게 새로운 삶을 준 은인이자 숭인학관의 사형인 그에게 지금 당장 달려가고 싶었다. 이현의 곁에서 어깨를 나란히 하고 싸워야만 했다.

그때 북궁창성의 그 같은 내심을 읽은 듯 소화영이 다가들었다.

"2공자님. 잠영쌍위, 곧바로 출발하도록 하겠습니다!"

"하지만 그건……."

"대주님, 괜찮겠지요?"

소화영이 북궁한성에게 시선을 던지자 그가 잠시 고민하다 묵묵히 고개를 끄덕여 보였다. 북궁창성과 잠영쌍위에게 이현이란 존재가 어떠한지 익히 알고 있었기 때문이다.

"잠영쌍위는 잠영은밀대의 명예를 걸고, 창룡전병대와 함께 선봉에 서도록!"

"존명!"

"존명!"

소화영과 은야검이 동시에 복명했다.

*　　　*　　　*

퍽!

"큭!"

퍼퍽!

"헉!"

빠각!

"케엑!"

이현은 자신을 포위 공격해 온 복면 무인들을 빠르게 제압해 갔다.

잠영보라 해야 할까?

그렇다기보다는 그냥 형식만 닮은 극단적일 정도로 빠르고 단순한 보법만으로 그는 움직였다. 자신을 포위 공격해 들어오는 복면 무인들에게 가장 단순하고 최단 거리의 행로를 찾아 파고든 것이다.

그리고 펼친 천성검(天星劍)!

무극검(無極劍)!

천하검(天河劍)!

천성쾌검(天星快劍)!

태을무형검(太乙無形劍)!

유유무극검(幽幽無極劍)!

태을분광검(太乙分光劍)!

구궁신행검법(九宮神行劍法)!

대천강검법(大天剛劍法)…….

이현은 간단명료한 검초를 연달아 펼치며 복면 무인들을 제압해 나갔다. 종남파를 대표하는 무수히 많은 검법의 검초들을 내공의 도움 없이 단순한 변화만으로 펼쳐낸 것이다. 일류의 무력을 지닌 복면 무인들 전원에게 말이다.

그 결과는 놀라웠다.

이현의 내력이 담기지 않은 검초에도 불구하고 복면 무인들은 제대로 된 저항 한 번 하지 못했다.

그의 손이 휘둘러질 때마다 포위망은 깨졌고, 한 명 한 명 중혈을 얻어맞고 쓰러져 내렸다. 수백 명이 치밀하게 완성했던 천라지망 속에서 이현은 마음 놓고 오고 가며 그물을 제멋대로 끊고 구멍내 버렸던 것이다.

그러자 복면 무인들 속에서 몇 명의 검객과 도객이 뛰어나왔다.

함께하고 있던 자들과 전혀 다르지 않은 복색!

움직임!

그러나 이현은 바로 그들의 특별함을 눈치챘다.

'드디어 고수급들이 움직이기 시작했구만.'

내심 눈을 빛낸 이현이 양발을 교차하며 허리에 회전을 담아서 회심퇴를 날렸다.

퍽! 퍼퍽!

그의 바로 앞에서 도와 검을 날리던 복면 무인 두 명이 비명도 지르지 못하고 바닥에 쓰러졌다. 시선을 갑자기 등장한 고수들에게 두면서도 부근의 복면 무인들의 움직임을 정확하게 파악하고 있었던 것이다.

슥! 스스슥!

그때 회심퇴를 날리느라 자세가 흐트러진 이현을 노리며 두 명의 복면 도객과 검객이 파고들었다.

처음 등장할 때완 다른 쾌속의 움직임!

그들이 펼치는 도법과 검법 역시 범상치 않다.

이현에게 도착하기도 전에 도에서는 정신을 혼미케 하는 기음이 일어났고, 검의 변화는 순식간에 수십 개의 살초를 만들어냈다.

이목(耳目)!

눈과 귀를 동시에 혼란케 만드는 도와 검의 합벽진세!

흔들.

이현은 잠시 그들의 움직임을 지켜보다 신형을 비틀어 보였다.

아주 단순한 동작!

그러나 다음 순간 그는 어느새 도와 검의 합벽진세의 중심부로 이동해 있었다.

"헉!"

"으헉!"

합벽진세를 이루고 있던 복면 고수들의 입에서 당혹에 찬 신음이 터져 나왔다.

무리도 아니다.

여태까지 그들은 수백 명의 복면 무인들 속에 숨어서 이현의 대응과 움직임을 면밀하게 살피고 있었다. 이현의 무공과 허실을 파악한 후 최후의 일격을 가하려는 의도였다.

당연히 합벽진세를 형성한 채 나섰을 때 그들은 어느 정도 자신감을 갖고 있었다. 이현의 무공과 허실 파악이 끝났으니, 이제 숨통을 끊어줄 때가 되었다는 판단이었다.

그런데 방금 전, 이현의 움직임!

그들은 전혀 파악하지 못했다. 완전히 허를 찔리고 말았다. 이현이 완벽하게 사각을 찌르며 파고들어 왔기 때문이다.

퍽! 퍼퍽!

이현의 벽운천강수가 그들에게 작열했다.

도객의 가슴을 뭉개고, 검객의 턱을 박살 냈다.

단순하고 명쾌한 초식의 연계!

단지 그것만으로 절정급의 무위를 지니고 있던 고수 두 명을 절명케 했다.

스사사사삭!

스사사사삭!

그러자 비슷한 무위를 지닌 절정 고수들이 합벽진세를 강화하며 경호성을 발했다.

"합벽진세를 더욱 강화하라!"

"이상한 사술을 사용하고 있다! 진세를 강화하고서 조심스럽게 접근하라!"

실제로 이현을 압박해 오던 도객과 검객의 합벽진세의 압력이 강화되었다.

적어도 두 배가량?

그러나 다음 순간, 어느새 이현은 또 다른 합벽진세의 중심부로 이동해 있었다.

第七章

고대마교의 유물! 마신흉갑!

"헉!"

"으헉!"

그리고 결과 역시 동일했다. 유기적인 연계를 보이며 각자의 합벽진세를 결합해 가던 절정 고수들 사이에 이현은 불현듯 파고들었다. 그들의 사각을 파고들어 합벽진세의 연결 고리를 단숨에 끊어버린 것이다.

당연히 절정고수들의 입에서 기함이 터져 나왔다.

상상을 초월하는 이현의 이동!

갑작스러운 공격!

손발이 혼란스러워질 수밖에 없다. 머리로는 당장 이현을 막아야 한다는 걸 알면서도 곧바로 행동으로 옮기는 데 실패했다. 너무나 간단하게 합벽진세의 허를 찔려 버렸기 때문이다.

이현이 노리던 바였다.

퍽!

퍼퍽!

이현의 수장이 각기 따로 움직여서 독룡수(毒龍手)와 건곤산수(乾坤散手)를 펼쳐냈다. 각 합벽진세의 핵심 연결 고리를 담당하고 있던 두 명의 절정 도객과 검객에게 치명적인 일격을 가한 것이다. 마치 처음부터 이렇게 될 것을 예측이라도 했던 것처럼 말이다.

털썩! 털썩!

절정 도객과 검객이 힘없이 바닥에 무너져 내렸다. 그렇게 이현을 중심으로 하나의 포위진을 형성하려던 합벽진세의 중심부가 괴멸되어 버렸다.

슥!

그리고 다시 이현은 이동했고, 은하적성지와 천궁지(天穹指), 쇄월지(碎月指) 등으로 다른 합벽진세를 공격했다.

"으윽!"

"헉!"

"으헉!"

그러자 합벽진세를 유지하지 못한 채 사방으로 흩어지는 절정 고수들!

스스슥!

그렇게 느슨해진 천라지망 사이를 이현이 마음대로 휘젓고 다녔다. 여전히 내력이 부족해서 제대로 된 종남파 절기를 펼칠 수는 없었으나 전혀 문제가 되지 않았다. 그의 내력이 전혀 실려 있지 않은 종남파 절기에 복면 무인들의 천라지망은 하릴없이 붕괴되어 갈 뿐이었다.

그런데 이현이 수백이 넘는 복면 무인들의 천라지망을 거의 뚫어버렸을 무렵이었다.

쾅!

그가 막 이동하려던 방위로 갑자기 하늘에서 벼락같은 강기가 날아들었다. 일반적인 초절정 고수의 강기공과 비교해 적어도 다섯 배는 더 크고 넓은 범위의 공격이었다.

움찔!

이현이 거의 종이 한 장 차이로 강기의 갑작스러운 공격을 피하자 오랫동안 침묵하던 목소리가 머릿속에서 울려 퍼졌다.

[오! 제법인걸?]

'방금 전 그건 뭡니까?'

[드디어 녀석이 움직이기 시작한 것이지.]

'녀석이라뇨?'

[마신의 종속!]

'마신의 종속?'

[온다! 녀석의 내력은 상상을 초월할 만큼 강력하나 초식의 수준은 평범하니까 네놈 정도라면 그다지 어렵지 않게 상대할 수 있을 것이다.]

목소리가 끝난 것과 동시였다.

쾅! 쾅! 쾅!

예의 거대한 범위를 뒤덮는 강기공이 연달아 이현의 주변으로 떨어져 내렸다. 여름날 갑자기 만난 우박 세례나 다름없었다. 그 정도로 무수히 많은 강기공이 하늘에서 미친 듯 쏟아져 내렸다.

"크!"

이현이 신음을 흘리며 연신 발걸음을 움직였다.

한 걸음.

두 걸음.

세 걸음.

그는 하늘에서 떨어져 내리는 강기공의 폭발 범위를 아슬아슬하게 계속 피해냈다. 잠영보의 동작을 극단적으로 최소화하면서 강기공의 공세로부터 스스로를 보호하는 그의 모습은 가히 신기(神技)나 다름없었다.

이는 새롭게 눈을 뜬 무학의 진일보!

바로 북궁휘와 목원의 몸으로 찾아온 화산파 고수와의 지도 비무를 통해 얻어낸 귀중한 깨달음의 일각이었다. 단 한 달 만에 그는 인생 중 가장 극심한 무학의 변화를 경험했고, 심마에서 벗어나 새롭게 펼쳐진 신천지로 커다란 한 걸음을 내딛었다고 할 수 있었다.

갑자기 하늘에서 쏟아져 내리던 강기공 세례가 거짓말처럼 사라졌다. 이런 식의 공격으론 결코 이현을 어찌할 수 없다는 걸 깨달은 듯했다.

게다가 광범위한 강기공의 여파는 단숨에 문덕전 인근을 초토화로 만들었다. 이현을 포위 공격하던 복면 무인들까지 이 공격에 휘말려서 순식간에 몰살당해 버리고 만 것이다.

스르릇!

그때 하늘에서 한 명의 기이한 노인이 능공허도를 펼치며 떨어져 내렸다.

오 척 다섯 치가량의 신장.

백발 백염에 어울리지 않는 붉은색 동안.

전체적으로 연배를 짐작키 어려운 외모에 담담한 물빛 눈을 가진 노인은 몸에 자줏빛이 감도는 독특한 형태의 갑주를 걸치고 있었다.

갑주 속에는 하얀색 학창의를 받쳐 입어서, 노인의 얼굴이 꽤나 청수하단 걸 굳이 강조하지 않더라도 무척 어울리지 않는 조합의 복색이었다. 한 명의 노문사가 억지로 고대 장군의 갑주를 걸친 것이나 다름없었다.

그러나 이현은 순간 강한 정신적 충격을 느꼈다.

백발백염의 노인 때문이 아니다.

그의 몸에 걸쳐져 있는 자줏빛의 갑주!

그것이 이현을 현기증 나게 만들었다.

'저건… 마신상! 명왕종의 본산에서 봤던 마신이 입고 있던 갑주다!'

그렇다.

이현은 백발노인이 걸친 독특한 형태의 갑주를 과거에 본 적이 있었다. 바로 대막을 헤매다가 우연찮게 만난 명왕종 술사를 쫓다가 우연히 보게 됐던 마신상이 동일한 갑주를 걸치고 있었던 것이다.

저 백발노인은 명왕종의 술사인 걸까?

명왕종이 북궁세가의 태상가주 북궁휘를 암중에서 조종했던 배후인 걸까?

그렇다면 그들 명왕종의 목적은 무엇일까?

이현이 혼란에 빠져 있을 때였다.

그의 뇌리 속으로 버럭 노성이 흘러들었다.

[이놈아! 정신 차려라! 저건 마신흉갑이다!]

'마, 마신흉갑이요?'

[그래! 마신흉갑! 중원의 모든 마류(魔流)의 근원이라 할 수 있는 고대마교(古代魔教)의 최강 마물이 새로운 주인을 만난 것이다!]

'고, 고대마교라면 그 대종교의 배후에 있다고 알려진 그 마교를 뜻하는 겁니까?'

[그것보다 더 심각하다! 마교의 근원인 마신(魔神)을 모시는 일파니까 말이다!]

'역시 마신인가…….'

이현이 내심 안색을 찡그릴 때였다.

공중에서 능공허도를 펼치고 있던 백발노인이 갑자기 이현을 향해 쏜살같이 파고들었다.

스으— 팟!

여태까지 날려 보냈던 무수히 많은 강기공을 능가하는 속도!

순간적으로 이현은 마신흉갑이 자신을 향해 덮쳐드는 듯한 착각을 일으켰다. 그 정도로 백발노인보다 그가 걸치고 있는 마신흉갑이 더욱 강렬한 느낌을 이현에게 던져주고 있었기 때문이리라.

"크!"

이현이 나직한 신음을 터뜨렸다.

마신흉갑의 갑작스러운 돌격!

지금까지와 달리 피할 공간을 허용치 않는다. 단숨에 문덕전과 그 일대 모두가 마신흉갑의 붉은 그림자에 뒤덮여 버렸다. 복면 무인이나 강기공 세례를 피할 때와는 사정이 완전히 달라진 것이다.

그렇다면 결론은 단 하나뿐!

'반격한다!'

이현이 체내에 남아 있던 마지막 진기를 모조리 손가락 끝에 끌어모았다.

우득! 우드드득!

그의 전신이 요란한 소리를 낸다. 울부짖는다. 마신흉갑이 돌격을 감행하며 가중된 막대한 압력과 이현이 끌어 올린 마지막 내력이 충돌하며 벌어진 변화였다.

그리고 그 순간 이현의 손가락을 떠난 무형의 검세!

천하삼십육검! 천하도도!

[이 바보 같은 놈!]

목소리가 놀라서 소리쳤으나 이현은 굴하지 않았다.

상대는 지금껏 만난 적수들 중에서 최강의 존재!

그 존재와의 생사투다.

여기에 사용할 마지막 초식으로 이현은 천하삼십육검 외엔 생각이 나지 않았다.

다른 종남파의 무공과 달리 그가 평생에 걸쳐서 숙고했음에도 완성치 못한 최강의 검법! 그래서 완벽하게 익힌 다른 종남파 무공과 달리 아직까진 제대로 된 위력을 발휘할 수 없는 게 현실!

그 같은 깨달음을 지난 한 달간 뼛속 깊숙한 곳에까지 각인했고, 방금 전까지 충실하게 적용하고 있었다. 목원과의 비무, 북궁휘와의 대결, 복면 무인들과의 싸움에까지 확실하게 말이다.

그러나 고대마교의 유물이라 알려진 마신흉갑의 출현으로 인해 이현은 마음을 고쳐먹었다. 마신흉갑의 무지막지한 마기에 대항할 수 있는 어떠한 무공도 자신에겐 존재하지 않는다는 걸 깨달았기 때문이다.

단 하나!

아직 완성치 못한 종남 최강의 검법!

천하삼십육검을 제외하곤 말이다.

'그러니 지금은 이것밖에 없다! 천하삼십육검의 1초 천하도도! 가장 완성형에 근접한 이 검초에 내 모든 것을 건다!'

이현은 내심 울부짖듯 소리 지르며 자신을 덮쳐오는 마신흉갑의 붉은 마영(魔影)을 향해 천하도도를 집중시켰다. 전신의 내력을 모조리 격발해서 얻은 강대한 폭발력으로 무형검세의 반격기를 완성해낸 것이다.

그런데 바로 그 순간이었다.

지금까지 이현의 몸을 빌린 자의 화산지학에 제압당해 있었던 북궁휘가 벼락같이 공중으로 신형을 띄워 올렸다.

능공허도!

이어서 펼쳐진 창파도법 절초 창파무한!

콰득!

이현의 무형검세가 펼쳐낸 천하도도에 순간적으로 움찔거린 백발노인의 입에서 피 화살이 뿜어져 나왔다. 생각지도 못했던 북궁휘의 암격에 마신흉갑의 주변에 형성되었던 아홉 겹의 호신강기가 박살 났다. 창파무한의 막강한 일격이 마신흉갑을 뚫고 백발노인의 내부에 강력한 내상을 입힌 것이다.

"허어!"

이현이 이 갑작스러운 반전에 나직한 탄성을 발하며 그대로 혼절해 버렸다.

방금 전의 천하도도!

모든 것을 쏟아부었다.

덕분에 남아 있던 단 한 점의 진기까지 고갈되었으니, 더 버틸 재간이 있을 리 만무했다.

털썩!

이현이 혼절해 바닥에 무너져 내린 것과 동시였다.

"크아아아아아아악!"

백발노인이 울부짖는 듯한 마성을 터뜨렸다.

어느새 거의 소멸해 버린 마신흉갑의 마기와 함께 백발노인의 본신이 갑자기 변화를 보였다.

정상적으로 한 쌍을 이루고 있던 팔과 다리.

어느새 하나씩 자취를 감춰 버렸다. 그는 놀랍게도 불구의 몸이었던 것이다.

북궁휘가 그런 백발노인을 향해 검미를 치켜 올리며 소리쳤다.

"마의 종자여! 더 이상 마신흉갑 뒤에 숨을 수 없게 되었으니, 이만 본래의 자신으로 돌아오라!"

"그럴 수는 없다!"

"그렇다면 죽음으로 마에서 벗어나게 해줄 수밖에!"

"……."

북궁휘가 다시 창파도법을 펼치려 할 때였다. 잠시 기묘한 시선으로 그를 내려다보던 백발노인이 갑자기 사방으로 예의 강기공을 쏟아내더니 번개 같은 신법을 펼쳐 북궁세가 밖으로 달아났다. 마지막으로 남아 있던 기력으로 강기공을 쏟아낸 후 삼십육계에 들어간 것이다.

그러자 비로소 북궁세가 전역에서 일어나고 있는 엄청난 격전의 소리가 들려왔다. 이현이 문덕전에서 생사투를 벌이고 있는 사이 북궁세가는 아군끼리 또 다른 싸움을 벌이고 있었다. 북궁세가를 장악한 태상가주 북궁휘를 따르는 자들과 전 가주 천풍신도왕과 대공자 북궁준영의 복수를 대의명분으로 내 건 북궁창성의 싸움이 말이다.

[과연 북궁세가로군. 역시 기골이 있는 자들이 남아 있었던 게야.]

"그러게 말이오. 사부."

[사부? 그 말 꽤나 오랜만에 들어보는데?]

"허허, 그러게 말이외다. 본래 나는 사부를 따르며 검종에 입문하고 싶었건만, 얼떨결에 북궁가를 떠맡게 되어버리고 말았구려."

[그래서 후회하나?]

"사나이 대장부 일생에 후회랄 게 무에 있겠소이까? 다만, 사부를 구할 수 없었던 게 한스러울 뿐이외다."

[한스러울 건 또 무언가? 다 내가 부족했을 뿐인 것을. 그리고 휘, 내게 있어 자네는 제자가 아니라 언제나 좋은 친구였네. 평생을 함께하기에 부족함이 없는 진짜 친구 말일세.]

"그리 말해주니 고맙소이다."

담담한 중얼거림과 함께 입가에 부드러운 미소를 떠올린 북궁휘가 갈수록 격화되고 있는 싸움이 벌어지는 방향으로 신형을 날렸다.

북궁세가의 내전!

이젠 끝낼 때가 된 것이다.

*　　　　*　　　　*

"으헉!"

이현은 비명을 터뜨리며 눈을 떴다.

그런데 이 상황, 왠지 낯설지가 않다. 근래 들어 정말 자주 의식을 잃었다가 깨어나길 반복했다. 그러다 보니 이젠 묘한 기시감마저 드는 상황이었다.

그러나 곧 이현은 평소와 다른 점을 깨달았다.

묘한 나른함.

거듭된 중상에도 불구하고 그의 육체와 체력을 빠르게 회복시켜준 건 다름 아닌 괴물 같은 내공진기였다. 이가장에서 부친 이정명을 만난 후 변화된 육체에 쌓여 있던 끝을 모를 듯 거대하던 내공진기 말이다.

그 내공진기를 바탕으로 극단적인 변화의 과정을 거친 이현은 숭인학관에 들어가 학문을 닦던 중 맹자에게 깊은 감명을 받게 되었다. 모순되게도 그가 주창한 왕도(王道)와는 다른 패도에 크게 매료되었던 것이다.

맹자의 패도(霸道)!

하늘이 내린 왕이나 황제 역시 천의(天意)를 잃고, 민심을 배반하면 천명을 받들어 몰아내야 한다는 주장을 뜻한다. 왕이나 황제는 반드시 왕도에 따라서 나라를 다스려야 하고, 그렇지 못할 땐 민초들이 반란을 일으켜 천하의 주인을 바꿀 수도 있다고 맹자는 주장했던 것이다.

이는 그야말로 파격(破格), 그 자체!

태생부터가 절대왕정과 군주에 대한 충의와 절개에 목숨을 거는 유학자로선 정말 파격적이고 용기 있는 논리라 할 수 있었다.

당연히 이현이 맹자에게 감복한 건 전자의 왕도가 아니라 후자의 나라를 뒤엎어 버리는 패도 쪽이었다. 절대적인 권력이 타락할 경우 벌어지는 폐해를 출종남천하마검행 당시 충분할 정도로 경험했기 때문이다.

그래서 그는 맹자가 말한 왕도 정치에 고리타분함을 느꼈고, 오히려 천의를 잃고 민심을 배반한 군주를 쫓아내는 패도에 강한 끌림을 느꼈다. 맹자가 주창한 왕도 정치가 훌륭하다는 것은 머리로는 이해했으나 단지 그뿐이었다. 나라를 뒤엎고 일제히 봉기하여 혁명을 일으키는 패도가 더욱 크게 마음에 와닿았다. 흡사 오랫동안 절치부심하고도 완성치 못했던 천하삼십육검보다 패도적이고 완성된 종남파의 다른 무공절기처럼 말이다.

그렇다.

그건 바로 선택과 집중이었다.

맹자를 배우며 이현의 머릿속에 정립된 왕도와 패도!

부친 이정명을 만난 후 변화된 몸속에 축적된 무한에 가까운 내공진기의 강한 영향으로 그는 어느 순간 한쪽 방향을 선택했다. 목연에게 배웠던 유학의 도리 때문이 아니라 자신의 마음이 향하는 대로 왕도를 멀리하고 패도의 무학을 향해 무심코 나아가게 된 것이다.

심마!

바로 그게 분기점이었으리라!

마음속에서 균형을 맞추고 있던 왕도와 패도! 완성되지 못한 천하삼십육검과 완성된 나머지 종남지학!

그 사이에서 방황하던 이현은 어느새 종남무학의 왕도이자 대종이라 할 수 있는 천하삼십육검을 멀리하게 되었다. 강대해진 내공진기를 바탕으로 극강의 패도지기를 이룬 종남지학만으로 충분하다는 판단이었다. 조사동에서 줄기차게 수행했던 천하제일인 운검진인과의 심상비무조차 등한시한 채 헛된 세월을 보냈다. 천하삼십육검의 완성을 포기해 버린 것이다.

그 결과!

이현은 북궁세가에서 북궁휘와 목원의 몸을 빌린 화산 고수에게 한 달 동안 줄곧 연패를 당했다. 그동안 자신이 알고 있고, 행할 수 있던 모든 것이 무너져 버렸다. 그들과의 접촉으로 인해 자신이 선택했다고 여겼던 패도의 길이 사실은 그저 마음속에 깃든 심마에 불과하단 사실을 깨닫게 되었다.

그리고 이어진 생존을 위한 피치 못할 선택!

이현은 어떻게든 북궁휘와 목원으로부터 살아남기 위해, 그들과의 격차를 조금이라도 좁히기 위해, 다시 패도의 길에 골몰했다. 심마를 깨달은 후 어떻게든 다시 회복하려던 왕도 천하삼십육검을 포기했다. 부정했다. 그렇게 하지 않고선 지옥과도 같은 한 달간의 생사투에서 살아남을 수 없다고 여겼기 때문이다.

즉, 백기 투항!

이현은 그 같은 선택을 했고, 간신히 살아남을 수 있었다.

그랬다고 생각했다.

하지만 최종적으로 마신흉갑이 출현했을 때 상황이 완전히 달라졌다. 과거 명왕종의 종단에서 본 적이 있었던 마신상과 똑같은 마물! 그 마물을 상대하게 되었을 때 이현의 마음속에서 작은 변화가 일어났다.

잠시 잊고 있던 투쟁심!

맹자!

그의 천의를 품은 일갈!

천하를 뒤엎는 반역의 마음으로 그는 그동안 삶의 동아줄이나 다름없었던 목원의 말을 외면했다. 지난 한 달간의 깨달음을 부정해 버렸다. 끝까지 놓지 못했던 패도의 길을 포기하고 오로지 왕도의 길인 천하삼십육검에 자신의 모든 것을 건 것이다. 비로소 그렇게 할 수 있었다.

'그 결과가 이것인가…….'

이현은 빠르게 자신의 몸속을 점검하곤 내심 허탈한 표정을 지어 보였다.

패도의 길을 가능케 했던 강대한 내력!

전혀 느껴지지 않는다.

공허했다.

그의 몸속에 항상 충만하던 모든 내공진기가 사라지고 만 것이다. 마치 처음부터 존재한 적이 없었던 것처럼 말이다.

스르륵!

그때 방문이 열리며 연서인이 들어왔다.

그녀는 손에 약그릇을 들고 있었는데, 마침 이현이 깨어 있는 걸 보고 반색하다 놀란 표정이 되었다.

"이 공자님, 깨어나셨… 어라?"

'어라?'

이현은 허탈한 표정으로 누워 있다가 연서인의 표정 변화를 보고 눈살을 찌푸려 보였다. 문득 그녀의 눈동자 속에 담겨 있는 자신의 얼굴을 확인했기 때문이다.

'다시… 돌아간 건가? 예전으로…….'

이현은 자신도 모르게 손을 들어 얼굴을 더듬었다.

그러자 손에 느껴지는 감촉!

반질거릴 정도로 부드럽던 예전과 사뭇 다르다.

피부의 탄력은 죽었고, 손끝에 느껴지는 감촉 역시 꺼끌거린다.

그리고 눈가에 느껴지는 깊숙한 흉터 자국!

어느새 이현은 종남파를 떠나 이가장으로 떠나던 때의 마검협으로 돌아가 있었다. 부친 이정명을 만나서 변화하기 전, 본래의 자신으로 말이다.

그때 연서인이 심각해진 얼굴로 고개를 갸웃거리다 이현의 앞자리에 냉큼 앉았다.

"우와! 부상 후유증이 꽤나 심각하네요? 그래도 이 공자님 맞죠?"

"그렇소."

"목소리를 들어보니 맞네요. 그런데 어떻게 부상을 당했길래 이렇게 조로(早老)하신 거예요?"

"발음에 주의해 주셨으면 좋겠소."

"예?"

"그런 게 있소."

이현이 진지하게 말하자 연서인이 뒤늦게 뭔가를 깨달은 듯 '푸핫!'하고 웃어 보였다. 방금 전 이현의 변화한 외양을 보고 놀랐던 것과는 사뭇 다른 발랄한 모습이다.

이현이 말했다.

"내 얼굴, 추해 보이진 않소?"

"전혀요! 으음, 삼십 대 초반가량 정도 되어 보이나?"

"……."

"뭐, 여기서 더 급하게 조로하지 않는다는 걸 가정할 때 오히려 저는 현재의 이 공자님이 더 좋은 것 같아요. 남자답잖아요!"

"예전에는 남자답지 않았다는 거요?"

"조금요."

손가락 두 개를 살짝 붙여 보인 연서인이 빙글거리며 말했다.

"사실 예전의 이 공자는 하는 행동과 달리 지나치게 어려

보여서 좀 그랬어요. 싸가지 없는 어린애 같았달까요?"

"싸, 싸가지……."

"하지만 지금은 괜찮네요. 그 얼굴에 무공을 생각하면 그동안의 행동이 충분히 납득이 간달까요?"

"…병 주고 약 주는군."

"그러게요."

"……."

"일단 약부터 드세요. 북궁세가 최고의 명의인 약왕전의 전주가 심혈을 기울여서 만든 내상약이에요."

연서인이 탕약을 내밀자 이현이 얼른 받아들고 쭈욱 들이켰다.

"크으! 쓰다!"

"쓴 약이 몸에 좋다잖아요. 당과 같은 거라도 가져다 드릴까요?"

"그럼 고맙겠지만……."

"만?"

연서인이 이현이 말꼬리를 흐리자 눈을 동그랗게 떴다가 고개를 뒤로 돌렸다. 그사이 방문이 열리며 또 다른 방문객이 들어온 것이다.

"북궁 공자!"

연서인이 나직이 목청을 높이자 북궁창성이 그녀에게 살짝 목례를 하고 이현을 놀란 표정으로 바라봤다. 그 역시 느닷없이 늙어버린(?) 이현의 외양에 당혹감을 느꼈던 것이다.

하지만 그것도 잠시뿐.

곧 평상시의 담담한 신색을 회복한 북궁창성이 이현에게 다가와 정중하게 허리를 숙여 보였다.

"북궁세가의 창성이 종남파의 마검협 이 대협에게 인사드립니다!"

'북궁세가의 창성이라…….'

이현이 잠시 북궁창성을 바라보다 입가에 흐릿한 미소를 매달았다.

"…그리하기로 마음을 굳힌 것이냐?"

"예, 그렇습니다."

"그렇다면 됐다. 오늘부로 너와 나는 숭인학관에서 동문수학한 사형제가 아니다. 은과 원이 이로써 모두 사라지게 된 것이니, 무림의 남자로서 잘 살아가도록 하거라."

"감사한 말씀, 평생 동안 가슴 깊숙이 간직하겠습니다!"

"뭐, 그건 그렇고. 북궁휘는 어찌 되었느냐?"

갑자기 이현이 화제를 바꾸자 북궁창성의 안색이 살짝 어두워졌다.

북궁세가의 태상가주 북궁휘!

천하제일도라 불리는 전대의 절대고수인 그는 오랜 은거 끝에 북궁세가에 복귀하자마자 끔찍한 만행을 저질렀다. 전대 가주였던 천풍신도왕 북궁인걸의 적장자인 대공자 북궁준영을 참살하고, 그를 따르던 무수히 많은 인명을 학살했던 것이다.

그 후 그는 북궁세가의 가주로 천풍신도왕 북궁인걸의 셋째 아들인 북궁진궁을 내세웠다.

북궁진궁을 이용해서 단숨에 북궁세가를 장악하고 반발하던 세력을 반역도로 몰아세웠다. 아예 북궁세가 자체를 두 개의 양극단 세력으로 나눠놓고 극한의 대치에 놓이게 만들었다.

당연히 북궁창성이 잠영은밀대와 창룡전병대를 앞세워 북궁세가 회복을 꾀할 때 가장 큰 걸림돌은 북궁휘였다. 그의 강대한 무력과 태상가주라는 지고의 위치를 이겨내지 못한다면 결코 북궁세가를 회복할 기회를 얻지 못할 터였기 때문이다.

그래서 이현은 먼저 북궁세가에 침투했고, 지난 한 달간 북궁휘를 제압하기 위해 전력을 다했다. 본래는 바로 그렇게 할 생각이 없었으나 어쩌다 보니 그런 식의 흐름에 휘말려 들어가 버렸다.

그리고 결국 북궁휘를 이겼으나 참혹한 대가를 치러야만 했다. 항상 충만했던 내공진기를 몽땅 잃어버리고 만 것이다. 동안을 자랑하던 얼굴 역시 본래대로 돌아가 버렸고 말이다.

그때 머뭇거리던 북궁창성이 한숨과 함께 입을 열었다.

"할아버님께서는……."

"할아버님?"

이현이 인상을 써보이자 북궁창성이 잠시 움찔하곤 조심스럽게 말을 이었다.

"…할아버님은 이 대협께서 의식을 잃고 계신 동안 제정신으로 돌아오셨습니다."

"어떻게?"

"그분은 북궁세가를 회복하기 위해 치열한 전투를 벌이고 있던 우리 앞에 홀연히 나타나 일체의 싸움을 종결시켰습니다. 할아버님과 진궁이를 지키기 위해 옥쇄를 각오한 방어진을 펼치고 있던 본가의 정예들을 모두 무장 해제하게 만드신 겁니다."

"그럼 현재 북궁세가는 네 손에 떨어진 것이냐?"

"그건 아직 확실치 않습니다만……."

"뭐, 거기까진 설명할 필요 없다. 북궁세가에는 북궁세가의 법도가 있는 법이니까 알아서 할 테지. 그래서?"

"…할아버님은 본가의 내전을 종식시킨 후 절 데리고 천무각으로 향하셨습니다."

"너만?"

"예, 저만 할아버님을 따라서 천무각으로 갔습니다."

"잘도 그런 짓을 했구만. 무섭지 않았냐?"

"어찌 북궁세가의 자제가 천무각에 가는데 두려움을 느낄 수 있겠습니까? 다만 저는 걱정이 되었을 뿐입니다."

"널 바로 가주에 앉힐까 봐?"

"……."

북궁창성은 대답 대신 안색을 살짝 붉혔다. 이현에게 당시의 속마음을 그대로 읽힌 게 부끄러웠기 때문이다.

이현이 코웃음 쳤다.

"흥, 그렇게 쉽게 일이 풀렸을 리 없지! 북궁휘는 필경 네게 무척 힘든 시험 문제를 내줬을 거야! 그게 뭐였지?"

"제 평생에 걸쳐서 해내야만 할 숙제를 내려주셨습니다. 그리고 그러기 위해선 이 대협의 도움이 필요합니다."

"내 도움이 필요하다? 뭐, 그럼 바로 가도록 하자!"

이현이 얼른 자리에서 일어섰다. 북궁창성이 한 말의 의미를 이미 짐작한 것이다.

북궁창성이 조심스럽게 말했다.

"부상은 괜찮으십니까?"

연서인도 말했다.

"이 공자님, 방금 깨어났잖아요? 아직 몸 상태도 좋지 않은 것 같은데 바로 움직이기보다는 운기조식이라도 하면서 정양을 하시는 편이 나을 것 같은데요!"

'내 몸 상태를 둘 다 이미 파악했군. 연 소저뿐 아니라 창성이 녀석도 그동안 무공이 꽤나 진전한 걸 테지.'

이현이 내심 쓴웃음을 짓고는 강하게 고개를 저어 보였다.

"어차피 운기조식 같은 걸로 나을 몸이 아니니까 시간 끌 이유는 없소. 어서 천무각으로 가보자구!"

"그럼 안내하겠습니다."

이현의 단호한 모습에 북궁창성이 고개를 끄덕이고 앞장섰다. 이현이 자신을 부축하기 위해 다가온 연서인에게 다시 고개를 저어 보였다.

"연 소저는 이곳에 남아 있도록 하시오."

"예? 하지만……."

"어차피 연 소저는 문외인(門外人)이기 때문에 현재 천무각에는 접근할 수 없을 것이오."

"……."

연서인이 북궁창성을 바라보자 그가 미미하게 고개를 끄덕여 보였다. 이현이 말한 대로 현재 가주의 집무실이 있는 천무각은 태상가주 북궁휘와 북궁 일족을 제외하곤 누구도 들어가지 못했다. 철저한 통제가 이뤄지고 있는 것이다.

툭! 툭!

이현이 연서인의 어깨를 몇 차례 두드려 준 후 방을 빠져나갔다.

第八章

천무각 앞의 대치!

이윽고 이현이 북궁창성과 함께 천무각에 도달했을 때였다. 부근에서 기문진법 해체 작업에 열중하고 있던 목원이 살짝 놀란 표정으로 두 사람에게 다가왔다.

"드디어 정신이 든 게로군!"

이현이 목원을 잠시 살펴보고 의심스러운 기색으로 말했다.

"거기 있는 분은 북궁세가의 총군사 목원 어른이 맞는 겁니까?"

"당연히 나이지 않겠는가? 그런데 얼굴이 그사이 많이 변했구만? 어쩌다가 그렇게 파삭 늙어버린 건가?"

"늙었다기보다는 제 나이를 찾은 거지요."

"제 나이를 찾았다라… 하긴 처음부터 하는 행동이나 무공으로 볼 때 약관의 청년으로는 보이지 않았었지. 그래서 천무각에 볼일이 있어 온 것인가?"

"그렇습니다. 이 대협은 저와 함께 할아버님을 만나러 갈 겁니다."

"흐음, 그렇군."

목원이 중간에 끼어든 북궁창성을 돌아보며 의미심장한 표정을 지어 보였다. 그는 현재 천무각에 칩거해 있는 북궁휘가 북궁창성과 이현을 통해 하려는 일에 대해서 대충 짐작하고 있는 것 같았다.

'역시 더 이상 그분은 목원 군사님에게 남아 있지 않은 거겠지…….'

이현이 자리를 비켜주는 목원을 잠시 바라보고 천무각으로 향하는 북궁창성을 따라갔다. 북궁휘와 함께 지난 한 달간 목원의 몸으로 찾아왔던 정체불명의 화산파 고수! 이현이 운검진인이라 생각하는 그는 북궁휘와의 마지막 대결 직후 더는 모습을 드러내지 않았다. 어쩌면 고대마교의 유물이라 했던 마신흉갑의 주인과 함께 떠나 버린 것인지도 모르겠다.

그 같은 생각과 함께 이현은 북궁창성을 따라 천무각 내부로 들어섰다.

북궁휘와의 첫 번째 대결 이후 두 번째 방문!

이윽고 삼 층의 가주 집무실에서 북궁휘가 기다렸다는 듯 모습을 드러내 북궁창성과 이현을 맞이했다.

"예상보다 빨리 회복했군. 두 사람은 이리 오도록 하게나!"

첫 만남 때와 다를 게 없어 보이는 북궁휘.

아니다.

조금쯤 더 늙어 보인다.

바람에 흩날리는 백발을 제외하면 삼십 대 초반이라 해도 무방할 것 같던 준수한 얼굴에 몇 가닥 주름이 깃들었다. 삼십 대 초반이 아니라 사십 대 후반가량의 얼굴이 된 것이다.

'뭐, 그렇다고 잘생긴 본바탕이 변한 건 아니지만…….'

이현이 은연중 미남의 정석이라 할 법한 북궁세가의 조손을 번갈아 살피고 가주 집무실로 향했다. 그러자 북궁휘가 갑자기 수중의 장도를 벼락같은 속도로 이현을 향해 찔러왔다. 첫 번째 만남에서와 거의 동일한 위력의 공격!

스윽!

이현은 장도의 직격을 한 족장 반의 움직임으로 피해냈다.

스파앗!

북궁휘의 장도가 이현의 귀밑머리를 스치고 지나갔다. 거의 찰나의 순간 만에 생사의 기로를 건넌 셈이다.

그러나 발도를 한 북궁휘나 발도를 간발의 차로 피해낸 이현 중 누구도 놀라지 않았다. 애초부터 이런 일이 벌어질 걸 알았고, 간단히 피할 줄 알고 있었던 것처럼 별다른 표정의 변화를 보이지 않았다.

북궁휘가 나직하게 혀를 찼다.

"아쉽게도 죽이지 못했구나!"

"그리 쉽게 죽을 명운은 아니지요."

"내공이 소실되었을 터인데?"

"그런 것도 아셨습니까?"

"그냥 움직임만 봐도 알 수 있지. 게다가 예전에 그런 자와 한 차례 싸워본 적도 있었고 말이야."

북궁휘의 얼굴에 문득 아련한 표정이 스쳐 갔다.

갑자기 과거의 회상 속으로 빠져드는 듯했다.

'그렇게 놔둘 순 없지!'

이현이 내심 심통 맞게 눈을 빛내고 얼른 소리쳤다.

"그건 그렇고 나는 왜 부른 겁니까?"

북궁휘가 얼른 회상 속에서 빠져나왔다.

"호법 좀 서줬으면 한다."

"누구를 위한 호법을 말하는 겁니까?"

"당연히 이놈을 위한 게 아니겠느냐?"

북궁휘가 북궁창성을 손으로 가리키자 이현의 눈매가 가늘어졌다.

"그런 식으로 속죄를 하려는 겁니까?"
"속죄라……."
"아닙니까?"
"…속죄라고 볼 수도 있겠군. 확실히 그래. 어찌 됐든 내 손으로 인걸이의 아들을 죽였으니까."
"분명 그렇긴 합니다만 이런 식으로 속죄를 하는 건 좀 무책임하지 않습니까? 당시 선배는 제정신이 아니었는데……."
"제정신이 아니면 이미 저지른 죄가 사라진다던가?"
"……."
"게다가 현재 북궁세가는 그 일로 인해 두 개로 분열되어 있네. 현재는 흡사 빙하탄처럼 얄팍한 얼음 밑을 흐르는 계류에 불과하나 얼마 지나지 않아 폭발하고 말 것이야. 이미 서로를 향해 칼날을 들이밀었던 때를 기억하며 말일세."
"그러니 속죄… 아니, 희생양이 필요하다는 뜻이로군요? 분열된 북궁세가를 다시 하나로 만들."
"비슷하네. 그리고 사실 곧 북궁세가, 아니, 섬서성을 비롯한 전 무림에 엄청난 피바람이 불 것일세. 자네 역시 어느 정도는 인지하고 있을 테지?"
"그건… 명왕종의 침략을 말하시는 겁니까?"
"역시 자네는 명왕종에 대해서 알고 있었군. 하긴 그랬으니 고대마교의 유물인 마신흉갑의 소유자와 대적하고도 살아남을 수 있었을 테지."

"……."

"자네도 이젠 어느 정도 짐작했을 테지만 대막의 신비라 불리는 명왕종은 사실 고대로부터 중원 마도의 원류였던 마교의 지배자, 마신을 섬기는 사교라네. 그들은 무려 수천 년 동안 대막에서 대를 이어가며 명왕종의 술법을 연마해 왔는데, 오직 마신이 부활해야만 세상 밖으로 나설 수 있다네."

'조준!'

이현은 자신과 가장 친숙한 명왕종 술사인 조준을 떠올리며 내심 눈살을 찌푸려 보였다. 그가 중원에 왔고, 제멋대로 활동한다는 건 이미 명왕종이 섬기는 고대마교의 지배자, 마신이 부활했음을 의미했기 때문이다.

이현이 말했다.

"그럼 선배와 운검진인은 마신의 부활을 막기 위해서 그동안 힘을 모으고 있었던 겁니까?"

북궁휘가 씁쓸한 표정을 지어 보였다.

"어찌 운검진인과 날 함께 엮을 수 있겠는가? 나는 그냥 우연찮게 명왕종과 마신의 연관 관계에 대해서 알게 되었고, 젊은 날의 혈기를 이기지 못하고 사지로 향했을 뿐이라네."

"그리고 그 소식을 접한 운검진인이 선배를 구하기 위해서 은거를 깨고 장성을 넘은 것이로군요."

"그랬을 것일세."

"……."

"그렇게 볼 필요 없네. 그 당시 나는 이미 제정신이 아닌 상태로 대막을 주유하고 있었으니 말일세."

"마신과의 싸움이 기억나지 않는 겁니까?"

"전혀. 사실 완패를 당했을 거라고 생각하네. 그렇지 않고선 이렇게 멀쩡한 육신으로 그 오랜 세월 동안 대막을 떠돌진 않았을 테니까."

'하긴 그 대단한 운검진인조차 장성을 넘기 전 지원군을 모을 생각을 했으니, 어쩌면 당연한 일인지도 모르겠군.'

이현은 과거 장성을 넘기 전 운검진인이 소림사 전대 최강고수인 지공대사와 황궁제일고수 검치 노철령과 싸운 일을 떠올렸다.

당시 운검진인은 혼자서 두 사람을 박살 낸 후 장성을 넘었다.

일부러 자신의 행적을 검치 노철령에게 남겨서 찾아오게 만들고, 그와 지공대사의 합공을 감당했다. 검치 노철령과 지공대사의 위치나 무공으로 볼 때 결코 일어날 수 없는 일이 발생한 것이다.

어떻게 그런 일이 발생한 것일까?

이현의 생각은 이러했다.

운검진인은 고의로 검치 노철령과 지공대사를 자극해서 두 사람을 함께 상대했고, 철저하게 박살 냈다. 자신이 떠난 무림에서 두 사람을 능가하는 초고수가 없다는 판단하에 일종의 경고를 준 것이 분명했다. 무림 최정상의 무위를 지닌 그들이 계속 노력하고 부단히 스스로를 갈고닦기를 바란 것이다.

그리고 그렇게 한 진짜 이유는…….

'…운검진인이 보기에 지공대사와 검치 노야는 부활한 마신을 제거하러 데려갈 만한 수준이 되지 못했던 것이 분명하다. 현재 그들의 무위로는 마신을 제거하는데 도움이 되기는커녕 걸림돌이 될 거라 생각한 것이야.'

이현은 자신도 모르게 몸을 가볍게 떨었다.

천하제일인 운검진인!

필생의 숙적이자 목표로 생각했던 존재는 정말 거대했다. 상상을 초월할 정도로 강력한 무공과 심원한 심득을 동시에 갖추고 있었던 것이다.

하지만 그런 운검진인조차 마신의 부활은 막지 못했다. 그렇다고 생각되었다.

문득 명왕종의 종단에서 봤던 마신상을 떠올린 이현이 북궁휘에게 말했다.

"선배님은 운검진인이 살아 있다고 생각하십니까?"

"잘 모르겠네. 하지만 내가 알고 있는 그분은 천하무적일세. 마신의 부활을 막지 못했을지는 몰라도 절대 그분이 그 고대의 악령에게 패할 거란 생각은 들지 않는다네."

"알겠습니다. 그럼 제가 할 일에 대해서 설명해 주십시오."

"이건 향후 북궁세가의 대권이 결정되는 일일세. 자네는 뭔가 요구할 게 없는 것인가?"

"예, 없습니다. 이건 북궁창성, 동문수학한 제 친우의 일이니까요."

"창성이가 좋은 친구를 뒀군."

이현과 북궁창성을 연달아 바라보며 미미하게 고개를 끄덕여 보인 북궁휘가 바로 개정대법에 대해 설명했다. 자신의 전신공력을 손자인 북궁창성에게 모조리 전달해 준 후 삶을 마칠 계획을 낱낱이 말하기 시작한 것이다.

*　　　*　　　*

개정대법(開頂大法)!

무공이 절대지경에 도달한 절대적인 내공력을 지닌 초고수가 자신을 희생해 타인에게 모든 진기를 전달해 주는 대법을 말한다.

당연히 이 개정대법을 시전한 초고수는 곧바로 모든 내력을 상실하는데, 심할 경우 생명까지 내놓아야만 한다. 전신의 모든 공력을 개정대법으로 전달하는 동안 생명의 근원인 진원지기 자체가 소멸해 버리기 때문이다.

즉, 북궁휘는 손자인 북궁창성에게 개정대법을 통해 자신의 전 내력을 물려주고 스스로 목숨을 끊는 것으로 속죄를 하기로 마음먹은 것이다.

그러나 이런 북궁휘의 속죄를 과연 북궁세가의 모든 사람들이 달갑게 받아들일 수 있을까?

이현은 내심 고개를 가로저었다.

북궁창성!

대공자 북궁준영이 북궁휘의 손에 참살당한 현재 가장 합법적이고 완벽한 북궁세가의 후계자라 할 수 있었다. 3공자인 북궁진궁이 북궁휘의 명에 의해서 꼭두각시 가주 노릇을 하고 있었던 터라 딱히 다른 대안도 없는 게 사실이었다.

하나 이런 북궁창성을 바라보는 북궁세가 내부의 시각은 사뭇 불안했다. 어려서부터 절맥증을 타고 태어나 몸이 약했던 데다 얼마 전까지 숭인학관에서 학사의 길을 걷고 있었다는 것을 대부분 알고 있었기 때문이다.

그래서 근래 북궁세가에서는 상당한 격론이 오가고 있었다. 북궁세가를 탈환하기 위해서 섬서성 전역에서 모여든 여러 방계의 계파세력들이 서로 주도권 싸움에 들어갔다. 어떻게든 이번 기회에 천하제일세가이자 사패의 으뜸인 북궁세가의 주도권을 자신들의 방계 계파에서 차지하기 위한 움직임들이 활발하게 진행되고 있었다. 이미 각 방계 계파의 우두머리들의 머릿속에는 북궁창성을 비롯한 북궁가 적통을 인정하지 않겠다는 의지가 뿌리 깊게 자리 잡기 시작한 것이다.

어쩔 수 없다!

무림!

힘이 곧 정의라 일컬어지는 칼날 위를 걷는 세계!

그곳에서 북궁창성 같은 나약한 자를 주군으로 삼고, 충성을 바칠 자는 그리 많지 않았다. 특히 이번처럼 격심한 내분 끝에 나약한 북궁창성을 호위해 주고 비호해 줄 세력 자체가 크게 약화된 상황에서는 더더욱 말이다.

그래서 모순되게도 현재 북궁창성의 가주직을 보호해 줄 마지막 방벽은 태상가주 북궁휘란 존재였다. 아직도 강대한 무력과 빛나는 과거의 명성을 지닌 그를 따르는 자들이 다수 북궁세가에 남아 있었기에 북궁창성은 무사할 수 있었다. 방계 계파의 중심인물들 모두가 아직 북궁휘가 자리 잡고 있는 천무각에 감히 발을 들여놓을 엄두를 내지 못하고 있었다.

'물론 그렇다고 해서 천무각을 그냥 내버려 두고 있을 리는 없겠지. 아마 지금 이 순간에도 천무각 주변에는 각 방계 계파의 무수히 많은 이목이 집중되어 있을 터. 북궁휘 선배가 내가 깨어날 때까지 개정대법을 미루고, 곧바로 내공을 잃은 내 무공을 시험했던 것도 무리는 아니겠구만.'

이현은 내심 쓰게 웃으며 고개를 가로저었다.

서패 북궁세가!

천하제일세가라 불리는 이곳은 현재 무척 위험했다. 자칫 수백 년 동안 이어져 왔던 빛나는 명예와 세력을 모조리 잃고 섬서성의 군소세력으로 추락할 위기였다. 그만큼 북궁휘로 인한 내분으로 많은 것을 잃었고, 분열되어 버렸다.

즉, 섬서성을 대표하는 삼강 중 봉문을 선언한 화산파에 이어 북궁세가 역시 이탈할 수도 있다는 뜻!

이현의 사문인 종남파 입장에선 결코 나쁠 일이 아니다. 느닷없이 섬서성 삼강 중 가장 뒤처진다는 평가를 받던 종남파가 일대 도약을 하게 되는 기회이기 때문이다. 섬서성의 유일한 강자이자 패주로서 말이다.

'물론 고대마교가 숭배하는 마신이 섬서성에 눈독을 들인 게 확실한 현 상황을 생각하면 그것도 그리 좋은 일은 아니겠

지만…….'

이것이 이현이 쓴웃음을 지어 보인 진정한 이유였다.

화산파만큼이나 감정이 좋지 못한 북궁세가의 몰락을 그냥 지켜보고만 있을 수 없는 이유이기도 했다. 북궁창성과의 인연은 둘째치더라도 화산파가 봉문한 현재 북궁세가 이상 가는 종남파의 아군은 찾기 힘들었다. 과거의 감정이나 섬서성에서의 패권 같은 건 뒤로 밀어놓고서 말이다.

그래서 이현은 지금 천무각 앞에 홀로 나와 앉아 있었다.

안에서 벌어지고 있는 북궁휘의 북궁창성에 대한 개정대법!

그 틈을 타서 혹시라도 일어날지 모르는 방계 계파들의 공격에 대한 방패를 자처한 것이다.

그때 속으로 투덜거리던 이현 쪽으로 십여 명의 고수들이 다가들었다.

잠영은밀대주 참마도협 북궁한성!

창룡전병대주 창룡척멸검 담패진!

검전칠협노(劍殿七俠老)!

독비혈쾌도(獨臂血快刀) 북궁상명!

이현이 대부분 아는 얼굴들이었다. 섬서성에서 활동하는 북궁세가의 얼굴들이나 다름없는 절정급 고수들이었기 때문이다.

'그러고 보니 정말 북궁세가에는 절정급 고수의 숫자도 많구나! 그동안 내분으로 인해서 3할이 넘는 전력이 깎인 상태인데도 절정급 고수가 이렇게 우글우글하다니 말이야!'

이현은 내심 감탄했다.

북궁세가가 어째서 천하제일세가라 일컬어지는지 알 것 같았다. 현 상황에서 종남파가 북궁세가와 전력으로 맞붙는다 해도 압도할 수 없을 것 같았다. 좋게 봐줘야 양패구상이나 할까 싶다.

그때 과거 마검협으로 활동할 때 이현과 구면이던 독비혈쾌도 북궁상명이 움찔 놀란 표정이 되었다.

이현이 손을 들어 보였다.

"여어! 여전히 칼은 잘 휘두르고 다니나!"

북궁상명이 눈살을 가볍게 찌푸리곤 한 손으로 공수했다.

"종남파 조사동에서 폐관수련을 하고 있다고 들었소만?"

"화산파가 봉문했는데 그깟 폐관수련 따윈 해서 뭘 하겠나?"

"으음, 그건……."

그때 두 사람의 대화를 지켜보던 검전칠협노 중 첫째인 일협노가 끼어들었다.

"상명 아우, 설마 저자가 종남파의 마검협이란 것이오?"

"…그렇습니다. 과거에 저는 우연찮게 마검협의 마적 토벌에 끼어들어서 함께 싸운 적이 있었지요."

"감히!"

"이건 종남파에서 북궁세가의 일에 끼어들겠다는 뜻이 아니던가!"

"화산파의 운검진인이라 해도 이런 일은 벌일 수 없을 것이건만!"

검전칠협노의 나머지가 잇달아 소리쳤다. 그들은 북궁세가의 방계 계파 중에서도 가장 연장자들이었다. 북궁휘에 의해 북궁세가 본가에 남아 있던 장로급의 고수들이 떼 몰살을 당했기에 현재는 위상이 아주 크게 격상된 상태였다.

'게다가 숫자만도 다섯 명이나 되니까 무력적인 면에서도 가장 세다고 할 수 있겠군.'

이현은 눈앞의 검전칠협노를 바라보며 내심 눈을 빛냈다.

그들은 하나같이 절정급에 속한 고수들로, 두 명이 몇 년 전에 죽어서 현재 다섯 명만 남았으나 여전히 위협적이었다. 현재 천무각에 모인 자들이 같은 절정급이라 해도 무위에는 각자 차이가 나는 상황에서 다섯 명이 한데 뭉쳐 있기 때문이다.

그러나 이현은 그런 것에 굴하는 인물이 아니다.

까닥!

목을 삐딱하게 기울여 보인 그가 퉁명스럽게 말했다.

"노인네들, 정말 시끄럽네!"

"무, 무어라!"

"감히 이곳이 어딘 줄 알고서!"

이현이 차갑게 검전칠협노를 쏘아봤다.

"이곳이 어딘 줄 모르는 건 오히려 그쪽들인 것 같은데? 어찌 그대들은 감히 가주의 집무실이 있는 천무각에 무장을 하고 단체로 몰려든 것이오!"

일협노가 발작하려는 동생들을 제지하고 신중한 기색으로 이현에게 한걸음 나섰다.

"그대가 진짜 종남파의 마검협이라면 노부가 한마디 해도 되겠소이까?"

"말하시오."

"현재 천무각 앞을 가로막고 있는 건 종남파 전체의 의지인 것이오? 아니면 마검협만의 의지인 것이오?"

"말을 어렵게 돌릴 필요는 없소. 나는 언제나 홀로 검을 휘둘렀고, 오늘 역시 마찬가지요."

"그렇구려."

미미하게 고개를 끄덕여 보인 일협노가 손을 추켜올리자 어느새 나머지 네 명의 검전칠협노가 일종의 진형을 펼쳤다. 이현을 상대로 다섯 명이 진법을 펼쳐서 단숨에 제압하기로 마음먹은 것이다.

그러자 북궁상명이 얼른 목청을 높였다.

"명성 높은 검전칠협노의 다섯 형제가 단 한 명을 상대하기 위해 쌍첨양인진을 펼친다는 게 말이 되는 것입니까!"

일협노가 침중하게 말했다.

"상대는 다름 아닌 종남파의 마검협일세! 우리 형제가 쌍첨양인진을 펼친다 해도 결코 문제는 되지 않을 것일세!"

"하나 이 일이 만약 종남파에 알려진다면……."

"알려져선 안 될 일이지! 그리고 설혹 알려진다 한들 마검협이 없는 종남파가 정돈이 끝난 북궁세가를 어찌하겠는가! 오히려 마검협이 북궁세가의 내정에 간섭을 한 것을 추궁할 수 있을 것일세!"

"…그건 그렇지만."

북궁상명의 목소리가 잦아들었다. 그 역시 검전칠협노와 뜻을 같이 하는지라 일협노에게 계속 반기를 들기가 어려웠던 것이다.

이현이 피식 웃어 보였다.

"상명 형, 그만하면 되었소!"

"……."

"나 역시 북궁세가의 쌍첨양인진에 대해선 익히 들어서 알고 있소. 그동안 제대로 된 쌍첨양인진의 위력이 궁금했던 참이니, 좋은 기회로 생각하겠소. 다만 검전칠협노가 다섯 명인 게 아쉬울 뿐이로군."

일협노의 얼굴에 노기가 서렸다.

"과연 출종남천하마검행의 당사자답구나! 오늘 노부가 형제들과 함께 그동안 천하에 퍼졌던 마검협의 명성이 진실된 것이었는지 확인해 보도록 하겠다!"

"으음……."

결국 북궁상명이 신음과 함께 뒤로 물러났다. 이현의 노골적인 도발에 검전칠협노가 완전히 넘어가 버렸다. 그로선 더 이상 어찌해 볼 도리가 없어진 것이다.

그때 그의 귓속으로 북궁한성의 전음이 흘러들었다.

[상명 형님, 이번 대결을 절대 놓치지 마십시오!]

북궁상명이 눈살을 가볍게 찌푸렸다.

[그건 무슨 뜻인가?]

[제 예상이 맞다면 이번에 태상가주님의 심경을 변화시킨 건 바로 마검협 이 대협일 것입니다.]

[뭐라?]

[그리고 이 역시 제 예상입니다만 마검협은 2공자와도 깊은 친분을 유지하고 있을 겁니다. 그러니 이번 기회에 태상가주와 2공자, 마검협 간에 맺어진 관계도를 확실히 알아내야만 합니다. 그렇지 않고서는 향후 북궁세가의 미래는 암울하게

될 테니까요.]

[으음, 알겠네…….]

북궁상명이 침중한 기색으로 대답했다.

금일 천무각에 집결한 자들은 현재 북궁세가에 남은 절정급 고수의 전부이자 각 세력과 방계 계파를 대표하고 있었다. 아무나 뽑아서 천무각에 온 것이 아니었다.

그도 그럴 것이 태상가주 북궁휘의 갑작스러운 결단으로 북궁세가의 내전은 종식되었으나 뜨거운 불씨는 여전히 잠재되어 있었다.

태상가주 북궁휘의 향후 처우!

북궁휘가 옹립한 위가주(僞家主) 북궁진궁의 처우!

차대 북궁세가 가주의 결정!

향후 북궁세가의 미래를 위해 최우선으로 처리해야 할 일이었으나 누구도 쉽사리 나서서 주장하기 힘든 난제였다. 북궁휘에게 장로급 인사들이 대부분 참살당한 데다 전대 가주인 천풍신도왕 북궁인걸의 아내인 천향 대부인이 연이은 충격으로 정신 상태가 온전치 못했기 때문이다.

그러니 현재 북궁세가는 무주공산(無主空山) 그 자체!

북궁휘에 대한 분노로 총궐기했던 각 세력과 방계의 계파

간에 이해관계가 상충되고, 분열이 일어난 건 지극히 당연한 일이었다. 위의 세 가지 선결 과제의 처리 방법을 가지고 지난 한 달간 치열한 공방전과 권력 투쟁이 진행되고 있었다. 북궁휘에 대항하는 구심점이었던 2공자 북궁창성은 은연중 찬밥 취급하면서 말이다.

당연히 북궁세가의 미래 주도권을 쥐기를 원하는 이들에게 있어 가장 큰 걸림돌은 태상가주 북궁휘였다.

그가 모든 걸 내려놓고 백기 투항하긴 했으나 여전히 천무각을 떠나지 않았기에 권력투쟁조차 물밑에서 조심스레 진행할 수밖에 없었다. 언제 북궁휘가 다시 장도를 빼 들고서 장로들과 반항자들을 참살하듯 자신들을 베어 죽일지 몰랐기 때문이다.

즉, 그들은 여태까지 기다리고 있었다.

바로 오늘을!

태상가주 북궁휘가 북궁창성을 데리고 천무각에 들어가 개정대법을 펼치는 지금과 같은 상황을 말이다.

'그런데 하필 태상가주가 방수로 마검협을 선택하다니!'

북궁상명은 불편한 표정으로 이현을 바라봤다.

과거와 묘하게 달라졌달까?

현재 이현에게선 과거와 같은 무시무시함이 전혀 느껴지지 않았다.

마치 물과 같은 고요함이랄까?

아니다.

그보다는 오히려 전혀 무공을 익히지 않은 범인(凡人)을 대하는 것 같다. 고강한 내공을 체득한 고수답지 않게 아무런 기운도 발산하지 않고 있는 것이다.

그것이 북궁상명을 고민하게 했다. 이현의 무공 수위가 예전보다 더욱 높아져서 반박귀진에 이르렀다는 생각이 들었기 때문이다. 그렇지 않고선 이렇게까지 아무런 내기가 느껴지지 않을 리 없었다.

그때 북궁상명과 비슷한 생각을 하며 이현을 살피던 일협노가 나머지 검전칠협노와 함께 움직임을 보였다.

쌍첨양인진!

다섯 명의 검전칠협노가 쌍첨양인진의 변화를 보이며 단숨에 이현을 포위해 들어갔다.

우웅!

파파파파팟!

북궁세가를 대표하는 절정 고수들답게 검전칠협노의 쌍첨양인진은 전개와 동시에 폭발적인 위력을 발휘했다. 이현을 포위한다 싶었을 때 이미 각자의 내력이 연결되어 단숨에 거대한 내공력을 퍼부은 것이다.

슥!

그러자 이현이 움직임을 보였다.

쾅!

쌍첨양인진으로 연결된 검전칠협노의 내공이 단숨에 대지를 뒤흔들었다.

그 위력은 흡사 진천벽력뢰의 폭발에 비길 만한 터.

그러나 어느새 폭발의 반경으로부터 벗어난 이현은 잰걸음으로 일협노를 노리고 파고들고 있었다.

아니다.

이미 일협노의 지척이었다.

'무, 무슨!'

일협노는 내심 경악했다. 어떻게 이현이 쌍첨양인진의 변화를 뚫고 단숨에 자신의 앞에 나타났는지 이해할 수 없었기 때문이다.

그러나 단지 그뿐.

툭!

이현은 어느새 그의 허리에서 검을 빼앗아 들고 있었다. 남의 검을 빼앗아 드는 것이 어찌나 자연스러운지 마치 자기 것을 맡겨놨다가 되찾는 것 같았다.

사삭!

그리고 검을 휘두르자 진법의 변화대로 쌍첨이 되어 이현을 합공하던 삼협노와 오협노가 핏물을 쏟아냈다. 날카로운 한 쌍의 칼날이 되어 달려들던 그들의 돌격 방향으로 이현이 검을 뻗어 버렸기 때문이다.

복부!

오른팔!

황급히 뒤로 물러서는 삼협노와 오협노의 부상은 꽤 중했다. 일협노를 구하기 위해서 급하게 쌍첨의 변화를 보이다가 이현의 검에 제대로 당해 버렸다.

그러자 양인의 움직임을 보이며 재차 공격해 들어오던 이협노와 육협노가 급히 신형을 멈춰 세웠다. 삼협노와 오협노가 당하는 광경을 보고 뭔가 상황이 잘못 돌아간다고 여긴 것이다.

스사삭!

그들의 판단은 옳았다.

그들이 달려들던 칼날의 방위로 이현의 검날이 지나갔다.

빠르지도 않다.

늦지도 않다.

아주 정확한 때에, 완벽한 방위를 향해 이현의 검날은 움직였다.

일협노가 버럭 소리 질렀다.

"마검협은 쌍첨양인진의 변화를 안다!"

이협노가 인상을 찌푸렸다.

'쌍첨양인진을 안다고? 하지만 방금 전 그가 펼친 검날의 변화는 단지 쌍첨양인진을 안다고 해서 펼칠 수 없는 일이다! 변화를 아는 것만으로 우리의 공격과 움직임을 미리 예측하고 차단할 수는 없으니까!'

다른 검전칠협노 역시 이협노와 비슷한 생각을 했다.

불가사의!

단 두 차례 검을 휘두른 것만으로 이현은 검전칠협노에게 거대한 두려움을 안겨줬다. 다섯 명이나 되는 절정 고수가 북궁세가 최강의 쌍첨양인진을 펼치고도 단숨에 약세에 놓이게 되어 버렸으니 어쩌면 당연한 일이다.

그러거나 말거나 이현은 수중의 검을 빙글거리며 돌렸다.

현란하게 움직이는 검날!

마치 스스로 살아 있는 것 같다.

그리고 그렇게 움직이던 검날이 쭈욱 앞으로 나아가자 어느새 뒤로 물러났던 이협노의 어깨에서 핏물이 터져 나왔다.

이현은 단순히 검을 돌리기만 한 것이 아니었다. 수중의 검날로 현란한 움직임을 보이는 것과 동시에 움직였다. 지축을 박차며 순식간에 이협노와의 간격을 좁혀들어가 그의 어깻죽지에 검날을 박아버린 것이다.

"크헉!"

이협노가 신음을 토했다. 검날에 상당한 부상을 당하고서야 이현에게 당했음을 깨달았다. 일협노가 검을 빼앗길 때와 별반 다르지 않은 상황!

"이놈!"

이협노와 함께 합을 맞추고 있던 육협노가 버럭 소리 지르며 이현을 향해 검을 쪼개갔다.

쌍첨양인진의 변화를 벗어난 공격!

그는 순식간에 쌍첨양인진을 이루고 있던 검전칠협노 중 세 명이 부상당하자 평정심을 잃어버렸다. 어떻게든 이현에게 반격을 가해야만 한다는 생각뿐이었다.

슥!

이현이 어깨를 가볍게 휘저으며 육협노의 검격을 피해냈다. 그의 검격에 담겨 있는 날카로운 검기의 궤적으로부터 아무렇지도 않게 빠져나갔다.

당연히 그것만으로 끝일 리 없다.

퍽!

이현은 육협노의 검격을 피하는 것과 동시에 뒤로 불쑥 물러나며 등판으로 그를 가격했다.

철산고!

'응?'

육협노는 의아한 표정이 되었다. 이현의 철산고에 정통으로 얻어맞았음에도 별다른 충격이 느껴지지 않았기 때문이다.

그때 이현이 다시 움직였다.

휘릭!

가벼운 반회전과 함께 이현의 발이 육협노의 오금을 걷어차고, 검병이 태양혈을 찍어버렸다.

휘청!

육협노가 신형을 크게 휘청거렸다. 오금과 관자놀이에 위치한 태양혈을 연달아 가격당하자 몸 전체의 균형이 무너졌다. 순간적인 연속기에 호신공을 채 일으키지 못했기에 천지가 빙글거리며 도는 걸 느꼈다.

그런 육협노를 향해 이현이 검날을 쑤셔 박으려 할 때였다.

슈카각!

일협노가 이현을 향해 맹렬한 검격을 날렸다. 앞서 이현에게 부상당했던 삼협노의 검을 대신 사용한 공격이었다.

검강!

찬연한 별 무리의 광채를 담은 압도적인 강격에 이현이 얼른 육협노에게서 떨어졌다. 육협노에게 최후의 일격을 가하기 직전에 일협노의 검강의 방해를 받고만 것이다.

그러자 재빨리 육협노의 앞을 가로막아선 일협노가 무언가를 깨달은 듯 버럭 소리쳤다.

"마검협! 내공을 사용하지 못하는구나!"

'들켰네.'

이현이 수중의 검을 다시 빙글 돌리며 어깨를 가볍게 추어 보였다. 내공을 사용할 수 없는 몸이란 걸 들키기 전에 검전칠협노를 무력화시키려던 계획이 수포로 돌아간 것이다.

그럼 이제 어찌해야 할까?

이현은 특별히 허장성세를 부리지 않고 말했다.

"너무 크게 소리치지 마시오. 내공도 사용하지 못하는 사람한테 고명한 검전칠협노 다섯 형제가 합공을 가한 게 무림에 소문나면 큰일이잖소?"

"마검협! 어쩌다가 내공을 상실하게 된 것인지 말해주실 수 있겠소이까?"

"뭐, 숨길 이유도 없겠군. 나는 천하제일도와 싸우다가 부상을 당했소."

"설마 태상가주와 싸우다가 내공을 상실했다는 것이오?"

"그렇소."

일협노가 불신에 찬 표정으로 말했다.

"믿기 힘든 일이로군! 자신의 내공을 상실케 만든 사람을 위해서 싸울 생각을 하다니……."

"딱히 북궁휘 선배 때문은 아니오."

"그럼 북궁창성 2공자 때문이겠구려!"

목소리를 높이며 끼어든 건 북궁한성이었다.

"2공자? 그게 무슨 소린가! 북궁 대주!"

"……."

북궁한성은 일협노의 질문에 잠시 묵묵부답(默默不答)했다.

그는 이현과 검전칠협노의 대결을 유심히 지켜보다 불현듯 깨달았다. 천무각 앞을 지키고 선 마검협 이현이 바로 청양에서 만났던 신비 고수임을 말이다.

그러면 전후 사정은 명확해진다.

종남파 사상 제일의 고수라 알려진 마검협 이현!

그는 그동안 무림에 알려진 것과 달리 종남파 조사동에서 폐관수련을 하지 않고 청양의 숭인학관에서 학사로 지냈다. 그리고 그곳에서 북궁창성과 만나서 인연을 맺은 끝에 북궁세가의 내전에 끼어들게 된 것이다.

당연히 현재 이현이 천무각을 지키고 있는 건 2공자 북궁창성을 보호하기 위함이 분명했다. 북궁휘가 개정대법을 펼치는 동안 북궁창성이 위험에 빠지지 않게 하기 위해서 부상당한 몸으로 위험을 무릅쓰고 있었다.

'2공자의 인복이 정말 대단하구나! 천하의 마검협으로 하여금 이런 일까지 가능케 하다니! 담 대주가 극구 2공자를 옹호

하고 나선 것도 무리는 아니야!'

북궁한성은 현재 천무각에서 태상가주 북궁휘에게 개정대법을 받고 있을 북궁창성을 떠올리며 내심 탄성을 발했다. 북궁창성이 태상가주 북궁휘에게 차대 가주로 선택되었을 뿐 아니라 마검협 이현이란 조력자까지 얻은 것에 큰 감명을 받은 것이다.

그래서 그는 곧 마음의 결정을 내릴 수 있었다. 그동안의 혼란을 종식했다.

지금 이 순간!

자신이 설 자리를 명확하게 선택하게 되었다.

스르릉!

북궁한성이 도를 빼들면서 담패진에게 시선을 던졌다.

"담 대주, 이제 움직여야 할 때인 것 같지 않소이까?"

담패진이 히죽 웃어 보였다.

"북궁 대주, 후회하진 않겠소? 담모나 검전칠협노 등과 달리 당신은 북궁가의 피를 이은 사람이오만?"

第九章

내가 그걸 신경 써야 하나?

"그렇게 말한다면 날 너무 우습게 생각하는 게 아니오?"

"나름 진지한 말이오만?"

"마음에도 없는 소리! 담 대주가 이미 북궁창성 2공자에게 마음을 정했다는 걸 내가 몰랐을 것 같소?"

"하하, 들켰나?"

담패진이 뒤통수를 긁적이고 팔짱을 낀 채 말했다.

"사실 현재 창룡전병대가 북궁세가 밖에서 내 명령만을 기다리고 있소이다!"

"감히!"

일협노가 놀라서 소리치자 북궁한성 역시 말했다.

"잠영은밀대 역시 마찬가지지요. 현재 북궁세가 전역에 은밀히 포진한 채 전원 무장을 한 채 대기 중이오."

북궁상명이 눈살을 찌푸리며 말했다.

"창룡전병대와 잠영은밀대가 동시에 움직였다면 승부는 이미 끝났다고 할 수 있겠군. 하지만 오늘날 북궁세가가 이런 내분에 직면한 건 태상가주 때문이오. 두 분 대주는 그런 태상가주가 선택한 2공자 북궁창성에게 가주직을 넘기는 게 진정 북궁세가를 위한 길이라고 생각하는 것이오?"

"……."

"하물며 2공자는 얼마 전까지 천형의 절맥증으로 인해서 글공부나 하던 샌님이오. 그런 자가 무림의 정점이라 할 수 있는 북궁세가의 가주가 된다면 본가의 미래는 무척 어두워지고 말 것이오. 그래서 내 북궁한성 대주에게 한 가지 제안하겠소!"

"무슨 제안을 하시겠다는 것이오?"

"북궁세가의 일원으로서 제안하건데, 본가의 가주를 맡아주시오!"

"그건……."

북궁한성이 당혹한 표정을 지어 보였다.

설마하니 북궁 씨 중에서 자신보다 훨씬 상위 서열인 북궁상명이 이런 제안을 하리라곤 상상조차 하지 못했기 때문이다.

북궁상명이 말했다.

"내 제안은 결코 무리한 게 아니오. 태상가주의 광태로 인해서 현재 북궁세가의 본가 전력은 현저히 약해진 상태이고, 북궁 일족 역시 그건 마찬가지요. 본가의 북궁 일족 중 무공과 지력, 가문 내의 신망을 두루 갖춘 자가 거의 사라졌다는 뜻이오."

"……."

"당연히 태상가주를 징치하기 위해 북궁세가로 모여든 방계의 계파 역시 그 같은 점은 마찬가지요. 방계의 계파에도 수장들이 존재하고 여러 고수들이 있으나 본가의 북궁 씨를 납득시킬 만한 자는 거의 없는 것이오. 그런 상황에서 북궁한성 대주는 아주 훌륭한 가주의 대안이 될 수 있소. 북궁 씨가 확실하나 본가와 적당히 먼 방계 출신이라 태상가주와 직접적인 관련이 적고, 그럼에도 스스로의 힘으로 3대 무력 단체 중 하나인 잠영은밀대주에 올랐으니 말이오."

"……."

"그러니 내 생각에 북궁한성 대주라면 본가와 방계의 계파 수장들 대부분이 차대 가주에 오르는 걸 납득할 것이오. 그리고 그로 인해 본가와 방계 계파 간에 벌어진 틈과 혼란 역시 종식할 수 있을 것이오. 그렇게 생각하지 않소? 담패진 대주!"

북궁상명이 갑자기 침묵에 빠진 북궁한성 대신 담패진에게 질문을 던지자 그가 눈살을 찡그려 보였다.

북궁상명의 갑작스러운 제안!

의외로 괜찮다.

충분히 먹힐 만한 말이고, 어쩌면 분열된 북궁세가로선 최선일 수도 있을 터였다. 누가 뭐라 해도 잠영은밀대주 북궁한성은 북궁세가가 낳은 호걸이었기 때문이다.

그래서 그는 방금 전에도 북궁한성을 떠보듯 말했다.

그에게 가주직에 오를 야심이 있는지 확인할 필요성을 느껴서였다.

'그런데 북궁상명이 이렇게 대놓고 북궁한성 대주를 가주직에 옹립하겠다고 나섰으니 그의 입장이 곤란하게 되었구나! 어쩌면 여태까진 북궁 씨의 방계에 속한 자신의 처지를 생각해 자중하고 있었을지도 모를 터인데…….'

담패진은 내심 염두를 굴리며 북궁한성을 바라봤다.

그의 침묵!

그 속에 담겨 있는 진의를 파악해 내고자 함이었다.

그러자 북궁한성이 언제 당혹한 기색을 떠올렸냐는 듯 담담해진 표정으로 천천히 입을 열었다.

"상명 형의 제안, 참으로 감사드리오."

"하면?"

"하나 상명 형은 한 가지 간과하고 있는 게 있소."

"간과?"

"그렇소. 상명 형은 내가… 아니, 나와 담패진 대주가 2공자에게 어째서 마음을 정한 것인지에 대해 간과하셨기에 그 같은 제안을 한 것이오."

"그 백면서생 같은 애송이에게 내가 모르는 다른 면이 있다는 것이오?"

"그렇소! 만약 2공자가 그 같은 면을 보여주고, 확신을 주지 않았다면 결코 담패진 대주나 내가 본가의 신화적인 인물인 태상가주에게 대적할 생각을 품진 않았을 것이오!"

"……."

"그리고 그 같은 점 때문에 종남파의 마검협이나 태상가주 역시 2공자에게 마음을 준 것이 아니겠소?"

"그런 식으로 말해봤자……."

북궁상명이 반박하기 위해서 목청을 높이려다 안색을 가볍게 일그러뜨렸다.

"…크헉! 어, 어떻게?"

"혼자서 기다리고 있자니 심심해서 말이야."

어느 틈에 검전칠협노의 포위진을 벗어난 이현은 북궁상명의 바로 앞에 도달해 있었다. 그리고 그의 검날이 향해 있는 장소! 바로 북궁상명의 목젖이다. 내공을 상실했다던 그가 단숨에 북궁상명의 목숨을 앗아갈 수 있는 위치를 점한 것이다.

북궁한성이 놀라서 소리쳤다.

"이 대협! 손속에 사정을 둬주십시오!"

담패진 역시 외쳤다.

"상명 형은 온건파에 속한 사람입니다! 그리고 그는 여러 방계 계파의 지지를 받고 있는 사람이기도 합니다! 만약 그를 죽인다면 2공자가 가주직을 이어받는다 해도 북궁세가는 결국 둘로 나뉘어 싸운 후유증에서 벗어날 수 없을 겁니다!"

이현이 두 사람을 돌아보며 말했다.

"내가 그걸 신경 써야 하나?"

"그, 그건……."

"으음, 그것은……."

북궁한성과 담패진이 거의 동시에 앓는 소리를 냈다. 이현이 한 말의 의미를 바로 짐작했기 때문이다.

섬서성 삼강!

화산파, 종남파, 북궁세가!

그중에서도 화산파가 봉문한 현재 북궁세가만 쇠락하면 섬서성의 패권은 자연스럽게 종남파로 넘어가게 된다. 그동안 섬서성 삼강 중 말석으로 분류됐던 종남파로선 그야말로 대약진을 하게 되는 셈이다.

당연히 당대 종남파를 대표한다고 할 수 있는 마검협 이현으로선 유혹을 받을 수밖에 없다. 북궁세가가 이대로 내분 상태를 무마치 못하고 쇠락의 길을 걷게 놔두는 것에 대한 유혹말이다.

북궁상명이 이를 악문 채 말했다.

"마검협이 이렇게 치졸한 자였는지 몰랐구나! 어차피 이렇게 되었으니 이 자리에서 당장 날 죽이시오!"

"그건 안 될 말입니다!"

"상명 형, 자중하시오!"

북궁한성과 담패진이 다시 동시에 소리쳤다. 북궁상명의 말에 이현이 격분해서 손을 쓸까 봐 걱정이 되었기 때문이다.

그때 은연중 시선을 맞추며 교감을 나눈 검전칠협노가 천천히 이현에게 다가들었다.

다섯 명의 협노 중 4명이 부상당했으나 여전히 무공이 가장 강한 일협노가 건재했고, 육협노 역시 어느 정도 몸을 추스른 상태였다.

이현에게 칼을 맞은 3명이 무리하여 다시 쌍첨양인진을 펼치자 그 위세가 자못 강대했다. 이미 이현이 내공을 사용하지 못하는 상태임을 눈치챘기에 순수한 내공력의 합체 공격을 가할 준비에 들어간 것이다.

'이렇게 되면 결국 피를 볼 수밖에 없겠는걸?'

이현이 내심 눈살을 찌푸렸다.

검전칠협노가 자신의 약점을 찌르고 들어온 이상 쉽사리 현 상황을 타개하긴 힘들었다. 북궁한성과 담패진의 속내를 파악하기도 쉽지 않았고 말이다.

그러니 이제 남은 수는 단 하나!

'속전속결! 그러다 내 검에 죽는 놈들은 그냥 운명이 그런 것이니 어쩔 수 없는 것이고!'

빠른 판단과 함께 이현이 수중의 검을 움직였다. 손가락을 기묘하게 돌려서 북궁상명을 겨누고 있던 검날의 방향을 변화시킨 것이다.

그렇게 이뤄진 검날의 현란한 회전!

빠악!

그와 동시에 순간적으로 검병에 태양혈을 찍힌 북궁상명이 상반신을 크게 휘청거렸다. 내공이 절정의 경지에 오른 터였음에도 육협노와 마찬가지로 심대한 타격을 당하고 말았다.

퍽!

그런 그의 복부를 발끝으로 찍어 찬 이현이 곧바로 신형을 빠르게 이동시켰다. 자신을 노리며 한껏 고양되고 있던 검전칠협노의 합일된 내공력으로부터 벗어나기 위함이었다.

한데, 바로 그때였다.

움찔!

꿈틀!

휘청!

이현을 놓치지 않겠다는 일념으로 쌍첨양인진을 옥죄어가던 검전칠협노가 연달아 격한 반응을 보였다. 그들의 합일되어 고양되고 있던 내공력 역시 마찬가지다. 큰 흔들림을 보이더니, 곧 목표로 했던 이현에게서 벗어났다.

느닷없는 변화!

그 이유는 곧 밝혀졌다.

고오오오오!

천무각이 기묘한 기음과 함께 흔들렸다.

흡사 인간의 지각 능력을 월등히 뛰어넘는 거신(巨神)이 숨결을 토해내는 것 같달까?

그런 기이한 흔들림과 함께 천무각으로부터 거대한 진동이 일어났다.

쿵! 쿵! 쿵!

지진과 같은 대지의 울부짖음에 검전칠협노를 비롯한 북궁세가의 절정 고수들은 입을 크게 벌렸다. 이 말도 안 되는 현상의 원인이 천무각, 그 자체임을 바로 눈치챘기 때문이다.

'태상가주인가!'

'태상가주가 다시 광증을 일으킨 것인가?'

'만약 태상가주가 다시 난동을 부린다면 북궁세가는… 끝장이다!'

북궁세가의 절정 고수들은 하나같이 공포에 빠졌다.

언제 이현을 합공하고 의심했냐는 듯 하나같이 어찌할 바를 몰랐다.

그리고 그 순간!

천무각의 안에서 북궁창성이 한 자루 장도를 든 채 모습을 드러냈다. 천무각 주변을 휩쓴 거신의 진동을 등장과 함께 가라앉히면서 말이다.

"2공자?"

"2공자, 태상가주님은?"

의혹에 찬 표정으로 일협노와 육협노가 동시에 북궁창성에게 질문을 던졌다.

그러자 의아한 표정으로 주변을 살피던 북궁창성이 이현을 살피고 눈살을 가볍게 찌푸려 보였다.

"밖이 시끄러운 이유가 있었군요."

"……."

"감히 본가의 귀빈께 무례를 범했으니, 여러분을 징치할 수밖에 없는 점. 이해해 주시기 바라겠소!"

"뭐……."

질문을 던졌던 일협노가 어이없다는 표정을 지어 보였을 때였다.

슥!

순간적으로 유성삼전도를 펼치며 일협노에게 다가간 북궁창성이 벼락같이 장도를 휘둘렀다.

일도천폭!

창파도법의 절초는 단숨에 도기의 폭풍을 만들어냈고, 황급히 방어에 나섰던 일협노를 피투성이로 만들었다.

"크아악!"

부근에 있던 육협노가 대노해 소리쳤다.

"2공자, 이게 무슨 짓인가!"

북궁창성은 대꾸하는 대신 수중의 장도를 휘둘렀다.

풍랑광풍!

장도의 도신이 벌 떼가 울 듯 격렬한 도기의 중첩을 이뤄내며 육협노에게 쭉 뻗어갔다. 그가 검을 빼 들 것을 감안한 궤적을 그렸음은 물론이었다.

쩡!

덕분에 급히 발검에 들어갔던 육협노가 뒤로 날아가 버렸다. 수중의 검과 함께 북궁창성이 펼친 풍랑광풍의 파동도기를 감당치 못하고 쌍첨양인진의 진법에서 이탈해 버리고 말았다.

스슥!

그리고 북궁창성이 다시 수중의 장도를 몇 차례에 걸쳐 휘두르자 이미 부상을 당했던 나머지 삼협노의 안색이 시커멓게 변했다. 이현을 노리며 내공력을 총집결하고 있었음에도 북궁창성이 휘두른 창파도법에 실린 맹렬한 도기를 감당해낼 수 없었다.

"쿨럭!"

"커헉!"

"으헉!"

결국 십 초식이 지나기 전에 검전칠협노의 쌍첨양인진은 완벽하게 파훼되었다.

금일 천무각에 모인 절정 고수들!

그들 중 가장 연배가 높고 강력한 무공을 지닌 건 검전칠협노 다섯 형제였다.

당연히 현재 둘로 나뉜 북궁세가에서 검전칠협노의 위치는 상당했다. 그들의 의견에 따라서 차대 가주가 정해질 수도 있을 정도였다.

그런데 그런 검전칠협노를 북궁창성은 단숨에 제압했다. 북궁세가 가전의 창파도법을 이용해서 그들에게 완벽한 패배를 선사하고 만 것이다.

스륵!

북궁창성은 장도를 내려뜨린 채 가볍게 호흡을 골랐다.

숨이 차서가 아니다.

내공이 부족해서도 아니다.

그는 방금 전 검전칠협노와 싸우며 여실하게 깨달았다. 현재 자신의 몸속에서 용암처럼 끓어오르고 있는 힘의 크기를. 그리고 그 거대한 힘의 제어를 실패하면 매우 참혹한 일이 벌어진다는 것을 말이다.

'그러나 본가를 대표한다고 할 수 있는 절정 고수들이 이렇게 약할 줄이야! 아니, 그보다는 할아버님께서 내게 개정대법을 통해 물려주신 내공의 힘이 그만큼 강력하다고 봐야 하려나?'

북궁창성은 내심 두려워졌다.

느닷없이 북궁휘로부터 전해 받은 압도적으로 강력한 내공력!

그로 인해 변해 버린 자신!

그 어깨 위에 얹혀진 거대한 무게감에 부담감을 느끼지 않을 수 없었다. 느닷없이 감당하게 된 운명 앞에 자칫 몸이 찌부러질 것 같았다.

한데, 바로 그때였다.

슥!

살짝 얼어 있던 북궁창성의 시야 속으로 불쑥 익숙한 얼굴 하나가 파고들었다.

이현.

그런데… 좀 빠르다!

퍽!

이현의 주먹이 북궁창성의 어깨를 가격했다.

욱신!

북궁창성은 극심한 통증을 느끼고 내심 경악했다. 방금 전까지 자신의 몸속에서 용암처럼 끓어오르고 있던 내공력이 뚫려 버린 것에 놀란 것이다.

휘청!

그러나 그 순간 이현이 뒤로 비틀거리며 물러났다. 북궁창성의 허점을 노려서 공격을 가했음에도 뒤늦게 발동한 그의 호신강기를 감당할 수 없었기 때문이다.

털썩!

그렇게 뒤로 정신없이 물러서다 바닥에 주저앉은 이현이 쓴웃음을 입에 담았다.

"굉장한 내공이군! 소천신공이 이미 극에 이르러 대반야신강을 완성한 것일 테지?"

"대반야신강!"

"대반야신강을 완성하다니!"

사방에서 경악에 찬 외침이 터져 나왔다. 소천신공이 극에 이르러야 형성시킬 수 있다는 대반야신강은 북궁세가에서 이룬 자가 거의 없는 절세의 호신강기였다. 태상가주 북궁휘가 갑자기 종적을 감춘 후엔 아예 절전되어서 전대 가주인 천풍신도왕 북궁인걸조차 완성하지 못한 비기 중의 비기인 것이다.

그런데 북궁창성이 그 대반야신강을 이뤘다니!

경악!

회의!

그리고 묘한 기대감이 천무각 앞에 모인 북궁세가 절정 고수들의 얼굴에 드러나 있었다.

'게다가 방금 전 저 굉장한 마검협이 불시에 2공자를 공격했다가 오히려 격퇴당했다!'

'마검협을 고작 약관이 조금 넘은 나이에 격퇴시킬 수 있다니!'

'하물며 2공자는 방금 전 우리 검전칠협노 3명의 합공을 창파도법으로 박살 냈다. 천풍신도왕 가주라 할지라도 그 같은

일은 쉽지 않았을 터인데……'

잠시의 침묵 끝에 북궁세가의 절정 고수들이 시선을 교차시켰다. 두 개로 나뉜 채 어디까지 분열할지 알 수 없던 북궁세가는 지금 이 순간, 다시 하나로 연결되기 시작한 것이다. 2공자 북궁창성이라는 미래의 신성을 중심으로 말이다.

* * *

이현은 침상 위에 대자로 드러누워 있었다.

세상에서 가장 편해 보이는 자세!

그런 그가 입을 가볍게 벌리자 한 쌍의 젓가락이 적당한 크기의 고기를 가져왔다.

"우물우물! 이건 홍소육이로군. 육질이 씹기 좋고 부드러운 게 북궁세가의 숙수의 솜씨가 나쁘진 않구만!"

"어째서 북궁세가 숙수의 솜씨라고 생각하는 거죠?"

"그야 연 소저가 섬서성 쪽 요리에 대해서 알 리가 없지 않소?"

"아, 그렇구나!"

이현에게 열심히 젓가락으로 고기를 나르고 있던 연서인이 잠시 발끈한 표정을 짓고는 고개를 끄덕여 보였다. 이현이 한 말이 지극히 옳다고 여겼기 때문이다.

연서인이 다시 고기를 젓가락으로 집어서 이현에게 먹이며 말했다.

"이 공자님, 그런데 북궁세가에는 얼마나 더 머물 작정이에요?"

"봉문한 화산파 쪽을 알아보러 가고 싶은 것이오?"

"북궁세가 쪽의 문제가 어느 정도 해결됐으니, 이젠 슬슬 화산에 가봐야 하지 않을까요? 주 군주님도 그쪽 사정에 대해서 궁금해하실 것 같고요."

"사실은 나도 궁금하오. 화산에 대해서는."

"그럼……!"

"하지만 나는 당장 화산에 갈 생각은 없소."

"어째서 그렇죠? 이 공자님도 화산파가 봉문한 이유는 알고 싶으실 거 같은데……."

"화산파가 봉문한 이유는 이미 대충 알아냈소."

"…예? 어떻게요?"

"태상가주 북궁휘! 그가 바로 화산파를 공격해서 봉문케 만든 장본인이었소. 거기까진 연 소저도 어느 정도 알아냈을 텐데… 그러지 않소?"

"북궁휘 대협만으로 화산파를 봉문케 할 수는 없다는 걸 이 공자님도 아실 텐데요?"

"물론이오. 북궁휘 선배는 얼마 전까지 아주 강력한 정신

금제를 당하고 있었소. 그를 그렇게 만든 자들이 바로 화산파를 봉문케 만든 흉수라 할 수 있을 것이오. 그리고 내 생각이 맞다면 북경에서 난을 일으킨 칠황야와 반황제파의 배후 역시 그들과 연관이 있을 것이오. 주 군주도 그렇게 생각했기에 나와 연 소저를 섬서성에 급파한 게 아니겠소?"

"이 공자님의 말씀대로예요. 하지만 주 군주님은 아직 확신이 없으셨어요. 북경지난이 끝난 후 이상할 정도로 칠황야와 반황제파와 관련이 있던 무림의 비밀 조직이 빠르게 자취를 감춰 버렸기 때문이에요. 그래서 말인데, 이 공자님은 어째서 그들이 갑작스럽게 북궁휘 대협을 이용해서 화산파를 봉문시키고, 북궁세가를 장악하려 한 것일까요?"

"그 점은 사실 나보다 주 군주나 연 소저가 잘 알고 있을 거라 생각하오만?"

"예?"

"북궁세가가 천하제일세가가 된 건 감숙성을 비롯한 세외 무역로를 장악했기 때문이오. 그런 북궁세가를 저들이 장악해서 아예 섬서성을 일통할 경우 강남 쪽의 반란 세력 토벌에 전력을 기울여야 할 황실의 심복지환이 되지 않겠소? 아마 주 군주 또한 그 같은 사실을 우려했을 테고, 연 소저에게도 충분할 정도로 설명했을 거란 뜻이오. 그렇지 않소?"

"……."

연서인이 자못 놀란 표정으로 이현을 바라봤다.

이현은 한 달 만에 의식이 돌아오자마자 천무각에서 북궁세가 절정 고수들과 크게 싸웠다. 태상가주 북궁휘가 북궁창성에게 개정대법으로 전신공력을 물려주는 것에 대한 방수노릇을 한 것이다.

덕분에 북궁창성은 갑작스레 초절정 고수가 되었고, 태상가주 북궁휘의 죽음과 함께 북궁세가의 가주가 되었다. 태상가주 북궁휘로 인해 둘로 나뉘어 내전을 벌였던 북궁세가의 갈등이 봉합되는 순간이었다.

그러나 행복한 결말은 여기까지만이었다.

그 후 부단히 노력했음에도 이현은 과거의 강대한 내력을 회복할 수 없었다.

북궁창성이 북궁세가의 보고를 열어서 각종 영약을 건네주고, 명의를 불러와 진맥하게 했으나 그다지 성과를 발휘하지 못했다. 갑자기 과거로 돌아간 외모만큼, 아니, 그 이상으로 이현의 단전에 쌓인 내공력은 미약해져 거의 처음으로 무공을 익힐 때를 방불케 했다.

마검협 이현!

종남파가 낳은 당대 최강의 고수는 내공력을 거의 잃어버린 몸이 되어버린 것이다.

'그래서 이렇게 매일같이 방구석이 처박혀서 꼼짝도 하지 않기에 폐인의 삶을 선택했나 싶어서 걱정스럽던 참인데… 내 생각이 한참 잘못된 것이었구나! 이 공자님은 전혀 달라지지 않았어! 아니, 오히려 더 냉철해졌다고 해야 하려나? 어쩌면 이게 진짜 출종남천하마검행을 이룬 마검협의 진짜 모습인 것일 테지!'

연서인은 생각을 거듭할수록 이현이 새롭게 보였다.

처음 봤을 때보다 한층 거칠어진 외모!

그만큼 성격 역시 날카롭고 냉철하게 변했다.

예전의 둥글둥글한 면이 확연할 정도로 깎이고 사라졌다.

그 변화가 연서인은 꽤 마음에 들었다. 한층 남자다워지고 멋있게 여겨졌다.

그리고 갑자기 내공을 잃어버린 이현이 자포자기한 게 아니란 생각에 기분이 무척 좋아졌다. 굳이 봉문된 화산파에 대한 얘기를 꺼낼 필요도 없었다는 생각이 들었다.

그때 이현이 고개를 살짝 까닥거렸다.

입이 비었다는 의미.

"아!"

연서인이 나직이 탄성을 발하고 얼른 젓가락으로 고기를 집어서 이현의 입에 쏙 집어넣어 줬다. 넙죽넙죽 자신이 넘겨

주는 고기를 받아먹는 모습이 무척 귀엽다는 생각이 들었다.
그렇게 얼마나 지났을까?
연서인이 가져온 음식이 얼추 바닥났을 때였다. 침상에 누워서 옴짝달싹도 하지 않던 이현이 나직하게 중얼거렸다.
"드디어 왔군."
'응?'
연서인이 고개를 갸웃거리다 갑자기 고개를 푹 숙였다. 갑자기 수혈을 점혈당한 채 의식을 잃어버린 것이다.
털썩!
혼절한 연서인이 바닥에 쓰러지자 이현이 침상에서 천천히 신형을 일으켰다.
그러자 어느새 그의 앞에 모습을 드러낸 목원.
그가 이현을 물끄러미 바라보다 입꼬리를 슬쩍 치켜 올리며 웃었다.
"과연 처음 봤을 때와는 달라졌구나!"
"본래 괄목상대(刮目相對)라 했지 않습니까?"
"여전히 오만하구나!"
"그만한 능력과 재능을 겸비했으니까요."
"헐!"
목원이 나직이 탄성을 발하고 이현에게 고개를 흔들어 보였다.

"풍현에게서 어떻게 네 녀석 같은 제자가 나왔는지 모르겠구나!"

"선배도 그리 좋은 성격은 아닌 것 같습니다만?"

"한마디도 지지 않는구나!"

"져야 하는 겁니까?"

이현의 반문에 목원이 다시 고개를 흔들고 담담해진 표정으로 말했다.

"천하삼십육검은 어느 정도 완성했더냐?"

"9성가량은 완성한 것 같습니다."

"북궁휘와 싸우고도 대성치 못했더냐?"

"북궁휘 선배 정도로는 대성할 수 없었던 것일 테지요."

"말속에 뼈가 있구나?"

"사실이니까요. 그래서 선배님은 마신과 결착은 보신 겁니까?"

"……."

목원이 잠시 침묵하다 천천히 고개를 저어 보였다.

"아쉽게도 내 능력으론 마신의 도주를 막을 수 없었다."

"마신을 도망가게 하셨다고요?"

"그래, 마신은 대막에서 나와 싸우던 중 북궁휘에게 빙의되어 도망갔다. 그리고 지금은 마신흉갑의 주인에게 달라붙어 있지. 정말 독하고 질긴 녀석이야."

"그럼 마신흉갑의 주인을 죽이면 되는 거로군요?"

"그럴 수 있겠느냐?"

"저더러 하라고요?"

"그래."

"선배님은요?"

"나는 마신의 본체를 붙잡아놓고 있는 것만으로도 능력이 다했다. 빠른 시일 내에 마신흉갑의 주인을 죽여서 마신의 영혼을 소멸시키지 않으면 내 명운도 그리 길게 남은 건 아닐 것이다."

"선배님이 죽는다는 겁니까?"

"그래, 그럴 것이다."

"……."

"그러니 어쩌겠느냐? 네놈도 나와 한 번쯤은 검을 겨뤄보고 싶을 터인데?"

'쳇! 잘도 나에 대해 파악했구만!'

이현이 내심 혀를 찼다.

목원.

그에게 빙의되어 있는 화산파 고수의 정체는 이미 짐작한 지 오래였다.

사부 풍현진인에게 이끌려 종남파에 입문한 후 줄곧 목표로 삼았던 사람. 당대 천하제일인이라 일컬어지는 화산파의 제일 고수 운검진인이란 걸 익히 알고 있었던 것이다.

당연히 지금 운검진인이 목원에게 빙의되어 하는 말의 의미 역시 충분히 짐작할 수 있다. 명백하고 자명하게 가슴속 깊이와 닿았다.

비검비선대회!

화산파와 종남파의 오래된 전통이자 자존심을 건 비무대회이자 당대 천하제일인을 가리는 대결전의 장!

하지만 현재 화산파는 봉문을 선언했고, 이현의 예상이 맞다면 운검진인은 대막의 명왕종 종단에서 마신을 봉인하고 있었다. 그 고대 마교의 사악한 마물을 막기 위해서 총력을 다하고 있는 것이다.

'…그리고 어떤 방법을 사용했는지는 모르겠지만 그는 마신흉갑의 소유자에게 달라붙은 마신을 따라서 중원에 들어왔다. 마신의 노예가 된 북궁휘 선배를 제어하면서 근래까지 북궁세가에 머물렀고, 목원 군사를 이용해 내게 접근한 거야. 즉, 날 이용해서 북궁휘 선배를 마신으로부터 해방시키고, 마신흉갑의 소유자 역시 제거할 속셈이었던 게지. 그런데 아쉽게도 마신흉갑의 소유자가 도망가 버리자 이젠 날 꼬드겨서 그를 상대케 하려 하는 군.'

목원을 통해 운검진인이 다시 접근하길 기다리는 동안 이현이 고심 끝에 내린 결론이다. 운검진인과 북궁휘, 그리고 명왕종과 마신에 관해 실타래처럼 헝클어졌던 생각들이 어느새 그의 머릿속에서 일사불란하게 자리 잡고 있었다.

그래서 이현은 운검진인의 도발에 내심 혀를 차면서도 즉답을 피했다. 항상 그렇듯이 누군가의 계획에 따라서 움직이는 건 직성에 맞지 않았다. 그것이 설혹 자신이 평생 동안 품어왔던 숙원과 관련 있는 일이라 해도 그러했다.

긁적!

뒤통수를 손가락으로 긁적이던 이현이 말했다.

"대답하기 전에 한 가지 묻겠습니다. 선배. 화산파의 봉문, 막을 순 없었던 겁니까?"

"막을 수 있었다."

"역시 그랬군요."

천천히 고개를 끄덕이며 이현이 말했다.

"대의(大義) 때문이었습니까? 화산파의 봉문을 막지 않은 건?"

"그런 게 아니란 건 네놈도 알지 않느냐?"

"그럼 실리(實利)에 의한 판단이었다는 거로군요?"

"그렇다. 네놈도 알다시피 내가 무리를 했다면 북궁휘에게 영향을 미쳐서 화산파의 피해를 최소화시킬 수 있었을 것이다. 하지만 만약 그리했다면 마신흉갑에 깃든 마신에게 바로 정체가 들통나서 북궁세가에 놈을 여태까지 붙들어 놓을 수 없었을 것이다. 그리고……."

잠시 말끝을 흐린 운검진인이 탐탁지 않은 표정을 지어 보이며 중얼거렸다.

"…그리고 네놈을 만날 수도 없었을 테지!"

"뭐라고요?"

이현이 잘 안 들린다는 표정을 지어 보이며 고개를 갸웃해 보이자 운검진인이 인상을 써보였다.

"정말 고얀 놈이로고!"

"제가 좀 그렇죠."

"그래서 나와 싸워보고 싶은 마음이 있는 것이냐? 없는 것이냐?"

"당연히 있죠! 있습니다!"

"하면?"

"썩 만족스럽진 않지만 운검 선배가 날 중원 수호의 마지막 희망쯤으로 여긴다는 건 알았으니. 부탁, 들어드리도록 하겠습니다."

"엎드려 절 받기로군."

"엎드려서라도 절을 받을 수 있는 게 어딥니까?"

"……."

어처구니없다는 표정이 된 운검진인을 향해 히죽 웃어 보인 이현이 말했다.

"그래서 마신흉갑의 주인은 어딜 가야 만날 수 있는 겁니까?"

"찾아갈 필요 없다."

"예?"

"아마 곧 네놈을 죽이러 올 것이다. 이미 얼마 전 북궁세가에서의 대결을 통해서 네놈은 1급 제거 대상에 올랐을 테니 말이다."

"1급 제거 대상이라… 거, 어감이 썩 좋진 않군요."

"그런 거 따지지 말고 천하삼십육검을 극성까지 연마하는 데 최선을 다하거라."

"마신을 본파의 천하삼십육검으로 제거가 가능한 겁니까?"

"아니."

"너무 단호한 거 아닙니까? 그 대답!"

"사실이니까."

"……."

"그런 표정 지을 필요 없다. 화산파의 자하구벽검을 극성까지 익힌 나도 마신을 완벽하게 제거하는 데 실패했으니까. 네놈도 알겠지만 화산파와 종남파를 비롯한 구대문파의 최상승 절학은 위력 면에서 그다지 큰 차이는 없거든."

"그렇죠. 중간 정도 위력의 절학의 숫자나 거기까지 이르는 수련 방법의 차이 정도가 구대문파의 서열을 정하는 것이니까요."

"그렇다. 확실히 구대문파 중에서도 소림사와 무당파는 네놈이 말한 부분에서 탁월하지. 그래서 문파의 크기와 위세가 다른 구대문파를 압도할 수 있는 것이고 말이야."

"……."

"하지만 지난 백여 년간 소림사나 무당파에서는 천하제일인을 배출하지 못했다. 절정급 고수들의 숫자는 많지만 초절정 이상의 고수는 드물었고, 절대지경에 오른 자는 더욱 적었기 때문이다."

"그래서 운검 선배가 어쩔 수 없이 마신을 상대하게 되었다는 건 알겠습니다. 그런데 그런 운검 선배도 제거하는데 실패한 마신을 제가 어떻게 상대하죠? 설사 제가 천하삼십육검을 완성한다 해도 마신을 이길 수 없다면서요!"

"물론이다. 정상적인 마신이라면 내가 그랬듯이 천하삼십육검을 완성한 네놈도 이길 수 없을 것이다."

"정상적인? 설마!"

"그래, 네놈의 예상대로다. 현재 마신은 불완전한 상태이고, 그렇기에 네놈이 천하삼십육검을 완성해서 내게 근접한 무공을 발휘할 수 있다면 이번 싸움, 충분히 승산이 있다고 할 것이다."

"……."

이현은 입을 반쯤 벌린 채 잠시 침묵했다. 비로소 운검진인이 목원의 모습으로 찾아온 진짜 이유를 알 수 있을 것 같았기 때문이다.

그렇게 얼마나 지났을까?

곧 안색을 평상시처럼 푼 이현이 눈살을 가볍게 찌푸려 보였다.

"그런데 곤란한 점이 있습니다."

"내공이 소실된 걸 말하는 것이냐?"

"역시!"

이현이 나직이 목청을 높이고 힐난의 기색을 담아 운검진인을 바라봤다.

"역시 일부러 절 이 꼴로 만든 거로군요!"

"고마워할 필요는 없다."

"고마워요? 제가 왜 고마워해야 합니까? 아니 그보다 도대체 어디의 어떤 부분에 대해서 고마워해야 하는 겁니까?"

연달아 목청을 돋구어 따지듯 질문하는 이현에게 운검진인이 어깨를 가볍게 으쓱해 보였다.

"꼭 그런 것까지 내가 말해줘야겠느냐?"

"당연히 말해줘야죠!"

"그럼 구배지례라도 올리겠느냐?"

"예?"

"구배지례를 올리고 내게 가르침을 받기를 청하면 가르쳐 주마."

"……."

이현이 인상을 써보이고 입을 다물었다. 화산파의 선배에게 어찌 종남파의 제자인 이현이 어찌 구배지례를 올릴 수 있겠는가.

운검진인이 그럴 줄 알았다는 표정으로 씨익 웃어 보였다.

"과거, 나도 심마에 빠졌다가 벗어날 때 네놈과 같은 일을 겪은 적이 있느니라. 그리고 그 기간 동안 진정한 자하구벽검을 완성할 수 있었지."

"……."

"내가 얘기해줄 수 있는 건 여기까지다. 나머지는 네놈이 찾거라. 아마도 천하삼십육검을 궁구하다 보면 결국 제대로 된 길을 찾아갈 수 있을 것이다."

'또 천하삼십육검이야…….'

이현이 내심 투덜거리며 운검진인에게 다시 질문을 하려다 흠칫 안색을 굳혔다.

부르르!

그의 앞에서 지금까지 한참 떠들어대고 있던 목원이 몸을 가볍게 떨어보였다. 예전에 그랬듯이 몸에 빙의되었던 운검진인이 목원에게서 떠나가 버린 것이다.

풀썩!

그리고 목원의 고개가 앞으로 푹 떨궈졌다. 이제 다시 정신을 회복하면 예전처럼 어리둥절한 표정과 함께 인상을 찌푸려 보이리라.

第十章

맹주, 그동안 잘 지내셨소이까?

신마맹 총단.

평상시처럼 창밖에 펼쳐져 있는 장엄한 대산맥을 바라보며 다향을 즐기던 신마맹주가 눈살을 가볍게 찌푸려 보였다.

무림 중에 은밀하게 암약하는 신비조직 신마맹의 지존인 신마맹주는 천하에 알려지지 않은 초강자였다. 어떤 무림의 초절정급 고수에게도 떨어지지 않는 무공을 보유하고 있었다.

당연히 그의 이목과 감각은 상상을 초월할 정도였다. 평상시에도 신마맹의 총단 전체를 자신의 손바닥 보듯 생생하게 파악할 수 있었다.

그런데 그런 그가 지금 해연히 놀라고 있었다.

당황하고 있었다.

갑작스럽게 신마맹 총단에 일어난 이변(異變)!

너무 늦게 파악했다.

무자비한 파괴의 신이 강림해 신마맹 총단 전체를 산산조각으로 찢어발기기 시작한 것을 말이다.

'도대체 이게 무슨?'

신마맹주가 내심 신음하며 자리에서 일어났을 때였다.

쾅!

콰콰콰콰쾅!

연이은 굉음과 함께 신마맹주가 머물러 있던 집무실의 외벽 전체가 박살 났다. 그리고 그 파괴의 흔적을 뚫고 모습을 드러낸 피투성이의 그림자 세 개!

신마팔령!

신마맹주의 호위를 맡은 신마맹 십팔령주의 팔 인.

그러나 신마맹주 앞에 모습을 드러낸 신마팔령은 고작 세 명뿐이었다. 그 짧은 사이 신마맹 총단에 강림한 파괴의 신이 신마팔령 중 다섯 명을 참살해 버린 것이다.

휘청!

비틀!

부들!

게다가 남은 세 명의 신마팔령 역시 무사하진 못했다. 신마맹주 앞에 모습을 드러낸 그들은 하나같이 핏물이 푹 담가져 있었다. 몸을 이루고 있는 사지 중 두세 군데가 사라진 채 가까스로 목숨만 붙어 있는 모습이었다.

그리고 그것도 잠시뿐.

푸확!

푸화아아악!

신마맹주와 시선이 부딪친 신마팔령 삼 인이 일제히 피 기둥으로 화했다. 그들의 몸에 남아 있던 모든 피를 한꺼번에 폭발적으로 쏟아내며 녹아내린 것이다.

"큭!"

신마맹주의 입에서 짤막한 신음이 흘러나왔다. 자신이 보는 앞에서 최고의 심복을 모조리 잃어버렸다. 심적인 타격이 극심한 건 자명한 일이었다.

그때 박살 나버린 집무실의 천장에서 붉은 폭풍이 떨어져 내렸다.

쿠오오오오!

신마맹주가 강림한 붉은 폭풍의 중심부를 노려보며 신음처럼 중얼거렸다.

"현사……."

붉은 폭풍이 답하듯 흐릿한 미소를 지어 보였다.

"맹주, 그동안 잘 지내셨소이까?"

"…네가 감히!"

"감히?"

반문과 동시에 붉은 폭풍을 만들어내고 있는 마신흉갑과 하나가 되어 있는 청수한 인상의 노문사의 안색이 바뀌었다.

청수함과는 거리가 먼 표정!

잔혹! 비정! 악의!

인간의 모든 사악함이 묻어 나오는 표정으로 신마맹주를 노려본 현사에게서 순간적으로 붉은색 뇌광이 터져 나왔다.

번쩍!

슥!

그러나 그때 이미 신마맹주는 움직이고 있었다.

아니다. 오히려 그보다 더 앞.

그는 마신흉갑과 하나가 된 현사에게 버럭 노성을 터뜨린 것과 동시에 분신을 만들어냈다. 현사의 눈을 잠시 동안 속이고서 곧바로 맹렬한 기세로 공격해 들어간 것이다.

수십 개의 그림자!

신마맹주의 몸이 무한대로 늘어나기 시작했다.

짧은 새에 거짓된 자신을 만들어내 현사의 눈을 속이고, 다시 수십 개가 넘는 분영(分影)을 만들어냈다.

이 한 번의 공격이야말로 건곤일척(乾坤一擲)임을 직감적으로 이해했기 때문이다.

하나 그때였다.

퍽!

퍼퍽! 퍼퍼퍼퍼퍼퍼퍽!

마치 기다렸다는 듯 현사의 전신에서 핏빛 뇌광이 일어났고, 연이어 신마맹주가 만들어낸 분영들이 폭발했다. 하나하나가 신마맹주의 원영과 연결되어 있던 분신들이 동시다발적으로 핏빛 뇌광에 산산조각이 나 버린 것이다.

그리고 그와 동시였다.

컥!

현사의 바로 코앞까지 파고들었던 신마맹주의 입에서 단말마에 가까운 신음이 흘러나왔다.

그의 양손에 깃든 미증유의 거력이 대폭발을 일으키기 직전, 현사의 텅 비어 있던 소매 속에서 불쑥 핏빛 손이 튀어나왔다. 마치 거짓말처럼 없던 손이 생겨나서 신마맹주의 목을 움켜쥐고 있었다.

"어, 어떻게……?"

고통 중에도 의아함을 느끼는 신마맹주를 바라보며 현사가 입가에 악의 넘치는 웃음을 지어 보였다.

"이것이 바로 마신의 힘이 아니겠소? 맹주!"

"여, 역시 현사, 네놈이 고대마교의 유물을 몰래 빼돌려 놓고 있었구나!"

"그걸 의심했기에 날 계속해서 견제했던 것이로군. 내 팔과 다리를 자른 것도 그 때문일 테고 말이야? 뭐, 이제 와서 그딴 건 중요한 게 아닐 테지. 천멸사신은 어디에 있소?"

"……."

신마맹주의 동공이 살짝 확장되었다가 곧 평소대로 돌아왔다. 현사가 원하는 바를 곧바로 이해했기 때문이다.

그러자 현사 역시 신마맹주의 속내를 곧 눈치챘다.

"아하하! 맹주는 여전히 북원(北元)의 충신이로구려. 벌써 백여 년도 훨씬 전에 쇠락해 버린 북원의 마지막 황족을 위해서 기꺼이 자신의 목숨을 내놓을 생각을 하고 있다니 말이오."

"……."

"하나 이미 북원은 중원은 고사하고 대초원에서도 오이라트에게 완전히 밀려 버렸소. 하물며 천멸사신, 아니, 조준 그 아이는 북원의 정통 황족도 아닌 반쪽짜리에 불과한 터. 굳이 맹주가 목숨을 버려가면서 지켜야 할 값어치는 없을 것이오."

"……."

"끝까지 권주는 마다하고 벌주를 받겠다는 거로군. 뭐, 그것도 나쁘진 않겠지."

현사의 입가에 매달려 있던 미소가 지워졌다. 그리고 갑자기 증폭된 맹렬한 붉은색 뇌광!

“크아아아아아악!”

굳게 입을 닫고 있던 신마맹주의 입에서 처절한 비명이 터져 나왔다. 일순간 현사의 마신흉갑에서 확장된 붉은색 뇌광이 그의 전신을 뒤덮었다. 단숨에 전광이 관통해서 그의 온몸을 불태우기 시작했다.

산 채로 불타오르는 육신!

인간이 느낄 수 있는 가장 참혹한 고통을 신마맹주는 당했다. 정신이 온전한 상태에서 현사가 일으킨 붉은색 뇌광에 서서히 전신이 불타오르는 것으로 말이다.

한데, 바로 그때였다.

피잉!

느닷없이 공간을 가로지르며 화살 하나가 현사를 향해 날아들었다. 평범한 화살이 아니다.

단숨에 공간 자체를 단축하며 날아든 쾌속의 화살이었다.

그러나 이 놀라운 쾌속의 화살은 곧 거짓말처럼 움직임을 멈췄다.

현사의 바로 앞.

그의 미간을 뚫기 직전에.

화살은 움직임을 멈췄다. 마치 화살을 둘러싼 공간 그 자체가 얼어붙은 것처럼 고정되었다.

"신궁령주……."

"……."

"살아 있었구나!"

현사의 입에서 나직한 중얼거림이 흘러나온 것과 동시였다.

피잉!

아무것도 없는 허공에 고정되어 있던 쾌속의 화살이 방향을 바꿨다.

다시 단축된 공간!

"크악!"

신마맹 십팔령주의 일좌, 마궁철기대 대주 신궁령주의 입에서 단말마가 터져 나왔다. 자신이 쏜 화살에 미간이 관통당해 즉사하고만 것이다.

허무한 죽음!

아니었다.

전혀 그렇지 않았다.

스스스슥!

신궁령주의 미간에 화살이 꽂힌 것과 동시에 흐릿한 그림자 하나가 기민하게 현사의 배후를 노리며 파고들었다.

완벽한 사각! 그리고 허를 찌르는 강력한 일격!

움찔!

현사의 눈가에 가벼운 경련이 일었다. 사각을 찌르며 파고든 그림자의 일격을 완전히 허용하고만 것이다.

파지직!

그때 뒤늦게 발동한 붉은색 뇌광이 현사를 암격한 그림자를 향해 파고들었다. 현사의 빗장뼈 사이를 노리며 파고든 장검을 통해 그림자에게 반격을 가했다. 강렬한 뇌격을 검을 통해 주입시키는 걸로 말이다.

빙글!

그러나 이 역시 늦었다.

어느새 장검을 손에서 떼어낸 그림자가 영활한 움직임으로 현사의 옆구리 쪽으로 파고들었다.

퍽! 퍼퍽!

강권(强拳)이 현사의 옆구리를 연속적으로 타격했다. 강기가 실려 있는 공격이었다. 한 치 두께의 강철 벽이라 해도 단숨에 뚫려 버리고 말았으리라.

'역시 소용없군!'

그림자는 내심 눈을 빛내곤 다시 움직였다.

퍼퍽! 퍽!

이번에는 그의 발이 현란한 변화를 보이며 현사의 다리를 격타한다.

그리고 신형을 공중으로 띄워 올리려 할 때였다.

콰득!

방금 전 그림자의 발에 얻어맞고 휘청이던 현사의 다리에서 불쑥 기괴한 기운이 일어났다. 갑자기 얻어맞은 부위가 몇 배나 확장되더니, 붉은 회오리를 일으키며 공중으로 뛰어오르던 그림자의 다리를 휘감았다.

"큭!"

그림자의 입에서 나직한 신음이 흘러나왔다.

그의 다리를 휘감은 붉은 회오리!

어느새 뇌광이 번뜩이고 있다. 붉은 회오리 자체에 흘러넘치는 뇌기가 그림자를 감전시켜 버렸다.

하지만 그림자도 가만히 당하고만 있지는 않았다.

휘릭!

공중에서 크게 회전을 보인 그림자가 현사의 낭심을 때리고, 입으로 진언을 외웠다.

"옴!"

파팟!

붉은색 소용돌이에서 다시 뇌기가 튀어 올랐다. 그러나 이번에는 방금과 조금 달랐다. 뇌기가 소용돌이 안이 아니라 밖으로 흘러넘쳤기 때문이다.

스슥!

그사이 그림자는 붉은색 소용돌이로부터 자신을 빼냈다.

짧은 사이 그의 다리는 검붉게 변해 있었다. 뇌기에 감전되어 절반 이상 타버린 것이다.

현사가 나직하게 탄성을 발했다.

“과연 천멸사신! 명왕종의 술사로서 이미 완성이 되었구나!”

“전혀.”

그림자, 아니, 천멸사신 조준이 그답게 정직한 대답과 함께 품에서 명왕종의 법기 중 하나인 부동명왕검을 꺼내 들었다. 상대가 평범한 무공을 사용하는 게 아니란 걸 눈치챘기 때문이다.

현사가 웃었다.

“부동명왕검만으로 되겠느냐? 그 잘난 북천음도의 대신의 신력 역시 빌려오는 게 좋을 것이다!”

“그전에 맹주님을 놔줘라!”

“아, 그러지.”

현사가 어느새 절반 이상 불타 버린 신마맹주를 한쪽에다 내동댕이쳤다. 흡사 쓰레기를 투기하는 것과 다름없는 태도다.

“…….”

조준의 눈이 불타올랐다.

신마맹주!

세상에 유일하게 남은 그의 혈육이다.

그의 하나밖에 없는 할아버지였다.

그를 신마맹의 후계자인 천멸사신으로 만들고, 대막의 명왕종으로 술법 수련을 보냈던 친인이었다.

그런 신마맹주가 현사에 의해 쓰레기 취급을 받았다.

생사불명의 중상을 당했다.

격렬한 분노를 느끼는 건 지극히 당연했다.

그러나 조준은 뜨거운 시선을 현사에게 고정시킨 채 미동조차 하지 않았다.

신마맹 총군사 현사!

그에 대해선 익히 알고 있다. 어떤 의미론 천멸사신인 조준보다 더 신마맹 2인자에 어울리는 사람이었기 때문이다. 그리고 그런 노골적인 행보로 인해 조부인 신마맹주에게 견제를 당했다. 한 팔과 한 다리를 잘린 채 신마맹의 요직에서 낙마하고만 것이다.

'그런데 놀랍게도 명왕종의 신보(神寶)중 하나인 마신흉갑을 찾아냈구나! 그리고 그렇다는 건 현재 그에게 괴력을 보태주고 있는 게 북천음도를 주재하는 대신인 마신, 그 자체란 뜻이니 이 일을 어쩐다?'

조준은 극심한 분노 속에서도 놀라울 정도로 냉정했다. 명왕종의 술사로서 극도의 수련을 쌓은 터라 자신의 마음 정도는 언제든 조종할 수 있었기에 가능한 일이었다.

하지만 그렇기에 그는 곤란함을 느꼈다.

눈앞의 현사!

그가 걸치고 있는 마신흉갑의 진정한 힘은 북천음도를 주재하는 대신의 화신으로 불리는 마신의 강림이었다. 신체(神體) 자체를 마신흉갑을 걸친 자에게 강림시켜서 불사의 육체와 강대한 대신의 초월적인 힘을 동시에 발휘하게 하는 것이다.

당연히 인간이 신을 이길 수는 없는 법!

마신흉갑에 강림한 마신의 힘을 사용하고 있는 현사를 조준은 어떤 식으로든 이길 자신이 없었다. 천멸사신으로서 연마한 무공이나 명왕종의 술사로서 사용하는 술법 모두가 마신 앞에선 무용지물에 불과했다.

그래서 조준은 현사의 조롱에도 불구하고 침묵했고, 미동조차 하지 못했다. 현 상황을 타개할 어떤 생각도 머릿속에 떠오르지 않았기 때문이다.

그러나 그것도 잠시뿐.

곧 조준이 수중의 부동명왕검을 역수로 쥐었다.

현사의 눈에 이채가 어렸다.

"드디어 마음먹었나 보군? 당연히 그래야겠지! 맹주가 얼마나 천멸사신, 자네를 아꼈는지 안다면 말이야……."

"옴!"

"…쓸데없는 짓을!"

조준의 진언에 담긴 술법을 느끼며 현사가 나직하게 중얼거렸다.

그러자 그의 전신에서 일어난 붉은색 뇌광!

그냥이 아니다.

폭발적으로 확산되었다. 단숨에 현사 자체를 뇌광이 삼켜 버린 것처럼 보였다.

슥!

그러나 그때 이미 조준은 밖으로 도주하고 있었다. 우보법의 술법으로 현사의 그림자를 잠시 붙잡아놓은 그는 신마맹주를 등에 짊어지고 집무실 밖으로 뛰어나간 것이다.

스으— 팟!

조준의 신형은 순식간에 시위를 떠난 화살처럼 변했다. 어떻게든 현사에게서 벗어나기 위해서 최선을 다했다.

하나 그때 현사의 전신을 압도하던 뇌광이 조준을 향해 날아들었다.

번쩍!

천공에서 떨어진 거대한 뇌격!

"크악!"

조준이 신마맹주와 함께 바닥을 나뒹굴었다. 마지막 순간 부동명왕검으로 뇌격을 막아냈으나 힘이 부족했다. 그를 노리며 떨어져 내린 붉은색 뇌광은 단숨에 체내로 침투해서 내부 장기를 모조리 망가뜨려 버렸다.

부들! 부들!

조준은 바닥에 고개를 처박은 채 몸을 연신 경련했다. 단 한 번의 뇌격에 몸이 모조리 망가져 버렸다. 그를 이루고 있던 천멸사신의 무공과 명왕종의 술법 모두가 소멸해 버리고 만 것이다.

그때였다.

스윽!

뇌격이 떨어져 내린 자리 앞으로 현사가 모습을 드러냈다.

여전히 전신에 감돌고 있는 뇌광!

그 속에서 현사가 미소지었다.

"좋은 그릇이로다! 아주 좋은 그릇이야!"

아니, 미소 짓는 건 현사가 아니었다.

마신!

명왕종이 섬기던 북천음도의 대신이자 고대마교의 살아 있는 불사신이 미소의 진정한 주인이었다. 현사라 불리던 그릇은 어느새 마신에게 먹혀 버린 것이다. 현사의 영혼은 단 한 조각도 남지 않고서 말이다.

"크악!"

조준이 다시 비명을 터뜨렸다.

과거 한 팔과 한 다리를 잃고 엉금엉금 기어서 마신흉갑을 몸에 걸쳤던 현사가 그랬듯이 처절하고 참혹하게 울부짖었다. 세상의 그 무엇보다 공포스럽고 끔찍한 것과 마주한 사람처럼 그리했다.

*　　　*　　　*

남경(南京).

장강가에 자리 잡은 강소성의 성도.

흔히들 남경을 육조의 고도(古都)라고 하는데, 동오(東吳), 동진(東晋), 남북조시대 송(宋), 제(齊), 양(梁), 진(陳)의 중심지였기 때문이다.

그러나 명나라 초기 태조 주원장이 처음으로 도읍을 삼았던 남경이었으나, 영락제 때 북경으로 천도한 후 현재는 과거의 성세를 상당 부분 잃은 상태였다. 영락제가 쫓아낸 비운의 황제 건문제를 추종했던 강남 호족들이 최후까지 저항했던 근거지였기에 그후 정치적으로 큰 타격을 입을 수밖에 없었던 것이다.

“으음…….”

주목란은 황금색 전갑을 걸친 채 말 위에서 졸다가 흠칫 아미를 찡그려 보였다.

지난 사흘간 반황제파의 반역자들과 남경성 쟁탈전을 벌이느라 거의 잠을 자지 못했다.

전장이 소강상태에 직면한 틈을 타 잠깐 졸았다가 등골이 서늘해졌다. 갑자기 남경성에서 날아온 화살에 목이 꿰뚫릴 뻔했기 때문이다.

팍!

그런 주목란의 바로 앞에 장창을 들고 나타난 건 다름 아닌 악영인이었다. 그녀는 수중의 장창을 휘둘러서 날아온 화살을 막아내고, 조심스럽게 주목란을 바라봤다.

“주 군주님, 괜찮으신지요?”

“쓸데없는 걱정을 끼쳤군요. 악 대주의 도움에 감사드려요.”

“당치 않으신 말씀! 그런데 막사로 돌아가셔서 조금이라도 쉬시는 게 어떠신지요?”

“나도 그러고 싶지만 남경성 함락이 아직 이뤄지지 않았군요.”

“…….”

단호한 주목란의 말에 악영인이 안색을 가볍게 붉혔다. 주목란의 말이 마치 책망하는 것처럼 여겨졌기 때문이다.

'당장에라도 혈사대를 이끌고서 남경성으로 다시 돌격해야 하려나…….'

그때 주목란이 악영인의 속내를 읽기라도 한 듯 입가에 피식 미소를 매달았다.

"그렇다고 저번처럼 무작정 닥치고 돌격 같은 걸 해선 곤란해요. 애석하게도 현재 우리는 혈사대가 활동할 때처럼 거대한 장성을 등진 채로 외적들을 물리치는 싸움을 벌이고 있는 게 아니니까요."

"죄, 죄송합니다. 하오나 전날의 돌격은 충분히 계산된 것이었다는 점을 말씀드리고 싶습니다."

"어떤 계산이었죠?"

"적의 방어진과 남경성에서 진을 치고 있는 반역도들의 사기를 먼저 확인해 보고자 함이었습니다."

"그래서 어떻던가요?"

"남경성의 방어진은 최상급이고, 반역도들의 사기 역시 그러합니다. 애석하게도 이곳에서의 전투는 꽤나 긴 시일을 요할 것 같습니다."

"어쩔 수 없는 일이지요. 일반적으로 평범한 성을 공략하려면 방어하는 측의 3배에서 5배의 병력이 필요하다는 게 병가의 정설이에요. 일반적으로 공격이 방어보다 우위에 서는 건

단 하나! 공격하는 측이 개전 초기에 병력 집중 지점을 자유롭게 선택할 수 있다는 거예요. 방어하는 측은 공격에 대비해서 병력을 모든 지점에 골고루 배치해야 하기 때문이죠. 하지만 이번 같은 공성전에서는 이런 사정이 모두 역전되어 버려요."

"공격하는 측보다 병력을 3배에서 5배가량 넓게 사용할 수 있기 때문이지요. 성벽과 방어의 제1진을 담당하는 해자(성 밖으로 둘러서 판 못)등을 이용해서 말입니다."

"맞아요. 그런 점에서 저 남경성의 넓은 해자는 아주 골치 아파요. 그 앞쪽에 세워져 있는 방책과 연계되어서 반역도들의 공수의 움직임을 무척이나 자유롭게 만들어주거든요. 그래서 이런 경우엔 지금처럼 대군으로 남경성 일대를 에워싼 후 극심한 아군의 소모를 각오한 과감한 돌격 전술을 벌이거나 장기간 포위해서 적을 말려 죽이는 지구전밖엔 방도가 없다고 할 수 있어요."

"그중에서도 주 군주님께서는 장기 포위전을 선택하시고 싶은 것이고요?"

"뭐, 그렇죠. 북경에서의 위험 요소가 얼추 뿌리 뽑힌 상황에서 반황제파의 주요 거점은 이제 이곳 남경성 정도가 전부라고 할 수 있어요. 지난 백여 년간 북경의 중앙 정부에 대한 불신이 뿌리 깊게 생겨난 강남 일대 호족과 귀족, 사대부들을 한곳에 몰아넣는 데 성공한 셈이죠. 하지만 강남의 반역도들도 곧 알게 될 거예요. 자신들과 호응해서 역모를 꾀하려 했던 칠황야를 비롯한 반황제파의 흉계가 완전히 뿌리 뽑혔다는 것을요."

"이미 남경성 안쪽에 작업을 전개하기 시작하신 거로군요?"

"그런 것이야말로 본래 창위의 주요 업무잖아요?"

슬쩍 악영인에게 미소를 지어 보인 주목란이 아미를 살짝 찡그려 보였다.

"그래서 걱정이에요."

"무슨……?"

"이렇게 승리가 결정된 상황에서 되도록 아군과 민초들의 피해를 덜 수 있는 현재의 지구전을 무너뜨릴 만한 변수가 등장할까 봐요."

"변수라는 건 설마… 섬서성을 말씀하시는 것입니까?"

"과연 관외의 전신이라 불리던 혈사대주다운 날카로운 안목이로군요."

"……."

"맞아요. 내 한쪽 눈은 남경성에 고정되어 있지만 다른 눈은 섬서성에 맞춰져 있어요. 중원의 변방으로 향하는 길목에 위치한 그곳이야말로 현재 가장 중앙군의 방비가 취약하고, 칠황야와 결착한 국외의 세력들이 난을 일으킬 가능성이 높으니까요. 그리고 만약 현 상황에서 섬서성이 적의 손에 넘어간다면

이 전쟁… 무척 길고 참혹한 장기전이 되고 말 거예요."

"그래서 섬서성에 형님을 보내신 겁니까?"

"후후, 본래는 내 옆에서 절대 떼어놓고 싶지 않았지만요."

나직하게 웃어 보인 주목란이 부근에서 대기하고 있던 병사들에게 명령을 내려서 남경성의 포위진을 조금 뒤로 물렸다. 하루 밤낮을 공격하게 했으니, 이제 1진은 쉬게 하고 2진을 투입할 때였다.

우르르르르르!

주목란의 명에 의해 뒤로 물러난 1진, 3만 명의 정병을 대신해 2진이 포위진을 메꿨다. 1진이 남경성을 공략하는 동안 배후에서 충분할 정도로 휴식을 취했기에 2진의 움직임은 무척 가벼웠다. 지금 막 전장에 도착한 정병처럼 눈에 생기가 넘치고 기력 역시 충만해 보인다.

'하지만 주 군주님은 이번에도 공성전의 최선두에서 물러날 생각이 전혀 없어 보이는구나…….'

악영인이 내심 걱정스러운 표정으로 주목란을 바라보곤 얼른 수중의 장창을 강하게 쥐었다.

현재. 지금 이 순간!

그녀는 관외의 전신인 혈사대주가 아니라 강남 방면 반역도들을 제압하는 명령을 받은 십만 대군의 수장인 주목란의 호위 무장이었다. 항상 전장의 최선두에 서서 대군을 진두지휘하는 주목란이 가는 곳이라면 어디든 따라가야 하는 게 당연했다. 설혹 머릿속 한구석에 북경에서 헤어진 이현의 얼굴이 언뜻 떠올라 그리움에 눈시울이 붉어지더라도 말이다.

우와아아아아!

그때 다시 천지를 뒤흔드는 함성과 함께 전장이 움직이기 시작했다. 이곳은 강소성의 성도 남경!

향후 명 제국의 존립과 판도가 결정 나는 장소였다.

*　　　　　*　　　　　*

"후르륵!"

이현이 소리 나게 다구에 든 차를 마시자 목원이 인상을 가볍게 찌푸려 보였다.

목원.

과거 서패 북궁세가의 가주였던 천풍신도왕 북궁인걸이 무려 세 번이나 찾아가서 어렵게 모셔온 대학사. 그리고 현재는 북궁세가의 총군사로서 문덕전의 주인 노릇을 하고 있다.

그러나 이현에게 있어 목원은 조금 다른 의미에서 특별했다.

'운검 선배, 진짜 떠난 건가?'

이현이 미심쩍은 표정을 지어 보이자 목원이 나직하게 헛기침을 터뜨렸다.

"어험! 험! 노부는 그런 사람이 아닐세!"

"어떤 사람이 아닌데요?"

"자네가 생각하는 그런 사람이 아니라는 걸세!"

"흠, 그렇군요."

이현이 아쉬움을 감추지 않고 다시 다구를 들어 찻물을 마셨다. 그동안 조금 식었는지 씁쓰레한 특유의 향기가 조금 더 짙어졌다.

그러자 목원의 입매가 슬쩍 비틀렸다.

"그래도 그동안 자네가 다칠 때마다 열심히 치료해 줬던 사람이긴 하네."

"그건 고맙게 생각합니다. 정말 그동안 신세가 많았습니다."

"엎드려 절 받기로군."

"애초에 북궁세가에 와서 당한 부상이니까요."

"그건 또 그렇구만. 확실히 일리 있는 말이야."

"……."

"해서 말인데, 3년만 북궁세가에 남아주면 안 되겠는가?"

"싫습니다."

"그렇군. 그럼 1년 만이라도……."

"싫어요."

"…6개월."

"내일이나 모레쯤 북궁세가를 떠날 생각입니다."

"내일이나 모레?"

"그걸 알고 오늘 찾아오신 거 아니었습니까?"

"……."

자신의 속내를 들킨 걸 눈치챈 목원이 낯을 가볍게 붉혔다. 지금의 이현은 약관에 가까웠던 젊은 얼굴일 때보다 훨씬 어려운 상대가 되었다는 생각이 들었다.

'그건 마검협이란 명성을 등에 짊어지게 되었기 때문일 테지…….'

충분히 납득이 간다. 이해할 수 있는 일이었다.

마검협 이현!

그는 섬서성의 삼강으로 꼽히는 종남파에서 총력을 다해 키워낸 미래의 천하제일인이었다.

삼십 대의 나이에 이미 무림의 최정상급 고수가 되었고, 본래 비검비선대회에서 화산파의 천하제일인 운검진인과 생사투를 벌일 예정이었다.

어떤 무림의 고수도 마검협이란 이름 앞에 당당히 자신을 앞세울 수 없을 정도의 명성과 위치를 겸비했다고 할 수 있었다.

당연히 그런 이현이 그동안 종남파를 떠나서 무림을 마음대로 주유할 수 있었던 건 외모가 변화한 때문이었다.

바뀐 외모와 반박귀진에 올라 무위를 숨길 수 있었기에 평범한 학사 노릇을 하며 무림을 돌아다닐 수 있었고, 관계나 무림 세력에 끼어드는 게 가능했다.

그러나 현재 상황은 급변해서 화산파는 봉문했고, 북궁세가 역시 가주가 죽고 세력 자체가 크게 꺾였다. 더 이상 천하제일 세가이자 사패 중 으뜸을 자부할 수 없는 상황이 된 것이다.

그러한 때에 종남파의 제일고수이자 미래의 천하제일인이라 불리는 이현의 행보는 전 무림의 이목을 집중시킬 수밖에 없었다.

어떻게 된 일인지는 모르나 갑자기 본래 마검협의 외모를 회복했기에 다른 이유나 변명을 댈 여지 역시 남지 않았다고 할 수 있었다.

'…그래도 2공자와 꽤나 깊은 친교를 맺은 것 같기에 살짝 떠봤던 것인데, 역시 내 예상대로 안 될 일이었던 게로군! 쯧!'

내심 혀를 찬 목원이 계획을 변경했다.

"알겠네. 자네에게도 중한 사정이 있을 테니, 계속 붙잡을 순 없을 테지. 그럼 이리하면 어떻겠는가?"

'드디어 본론에 들어가는군.'

이현이 내심 피식 웃는 사이 그의 눈치를 살피던 목원이 말을 이었다.

"이 대협, 북궁세가를 떠나기 전에 마지막으로 2공자와 진검

승부를 펼쳐주시게나!"

"굳이 그럴 필요는 없을 것 같습니다만?"

"아니, 반드시 필요한 일일세! 이 대협이 계속해서 2공자의 후견인이 되어줄 수는 없는 노릇이니 말일세."

'창성이에게 스스로 자립할 수 있는 기운을 불어넣어 달라는 거로군.'

이현이 내심 생각을 정리하고 천천히 고개를 끄덕여 보였다.

본래 그럴 작정이었다.

북궁창성! 북궁세가의 2공자이자 임시 가주가 된 청년.

그러나 이현에겐 단지 숭인학관에서 동문수학한 귀여운 사제이자 동생이었다. 그에게 글공부로 받았던 큰 도움을 갚아주고 북궁세가를 떠나는 것도 나쁘진 않을 터였다. 후일 어떤 식으로 다시 만나게 될지 모르니까 말이다.

『만학검전(晩學劍展)』 9권에 계속…

이제부터 전자책은

이젠북

www.ezenbook.co.kr

새로운 세계가 열린다!

김재한 『성운을 먹는 자』 철백 『대무사』
니콜로 『마왕의 게임』 가프 『궁극의 쉐프』
이경영 『그라니트:용들의 땅』 문용신 『절대호위』
탁목조 『일곱 번째 달의 무르무르』 천지무천 『변혁 1990』
강성곤 『메이저리거』 SOKIN 『코더 이용호』

이름만 들어도 황홀할 정도의 별들의 향연!

이들의 "유료연재"가 시작됩니다!

검색창에 **이젠북**을 쳐보세요! ▼

초대형 24시 만화방

신간 100%, 샤워실, 흡연실, 수면실(침대석), 커플석, 세탁기 완비

▪ 광명 광명사거리역점 ▪

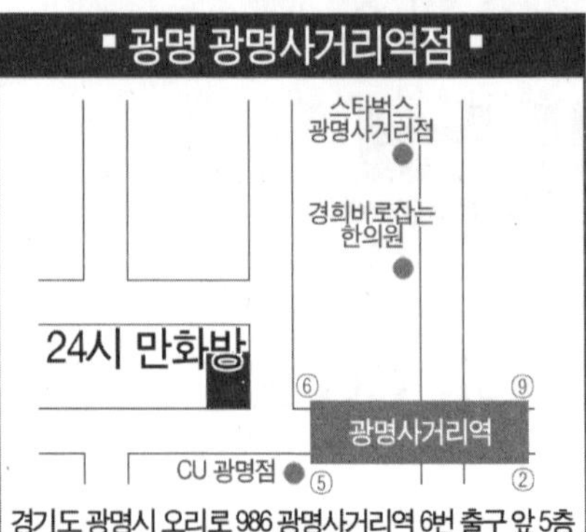

경기도 광명시 오리로 986 광명사거리역 6번 출구 앞 5층
02) 2625-9940 (솔목타워 5층)

▪ 강북 노원역점 ▪

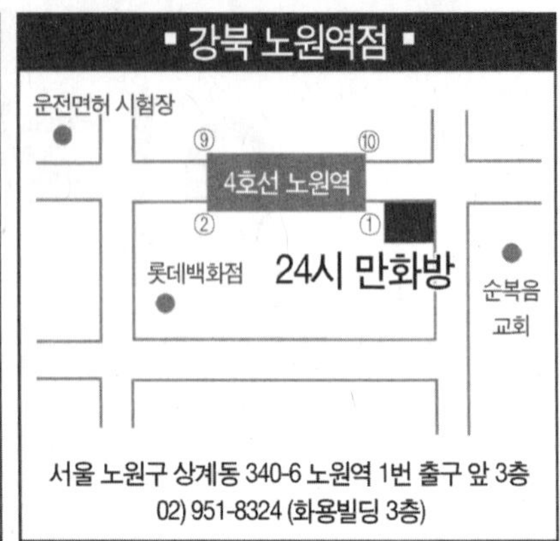

서울 노원구 상계동 340-6 노원역 1번 출구 앞 3층
02) 951-8324 (화용빌딩 3층)

▪ 일산 정발산역점 ▪

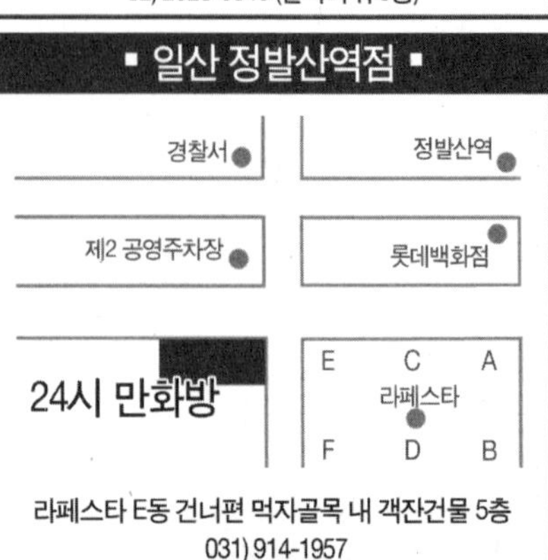

라페스타 E동 건너편 먹자골목 내 객잔건물 5층
031) 914-1957

▪ 일산 화정역점 ▪

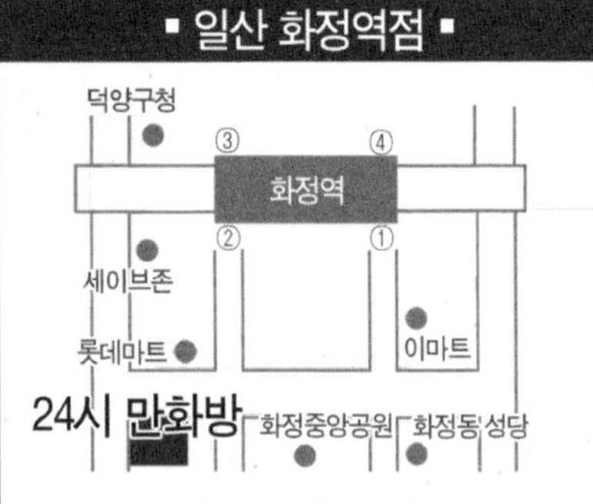

경기도 고양시 덕양구 화정동 984번지 서일빌딩 7층
031) 979-4874 (서일사우나 건물 7층)

▪ 부천 역곡역점 ▪

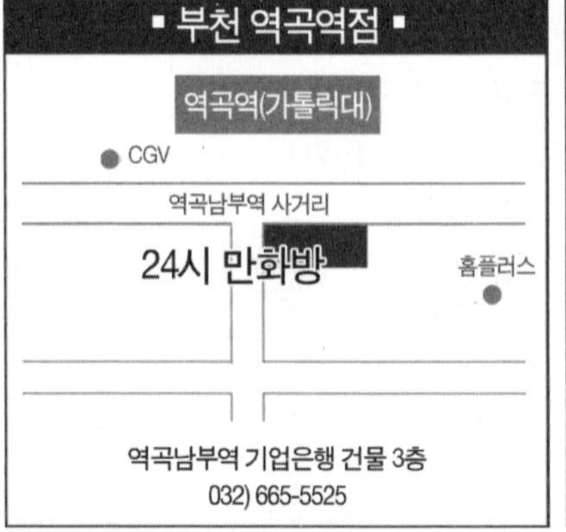

역곡남부역 기업은행 건물 3층
032) 665-5525

▪ 부평역점 ▪

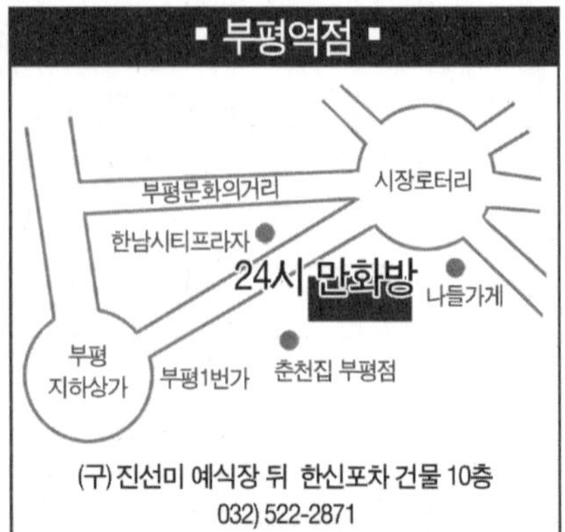

(구) 진선미 예식장 뒤 한신포차 건물 10층
032) 522-2871

원치 않은 의뢰에 대한 거부권,
죽어 마땅한 자에 대한 의뢰만 취급하겠다는 신념.
은살림(隱殺林) 제일 살수, 살수명 죽림(竹林).
마지막 의뢰를 수행하던 중, 괴이한 꿈을 꾼다.

"마지막 의뢰에 이 무슨 재수 없는 꿈인가."

그리고 꿈은, 그의 삶을 송두리째 뒤바꾼다.
하나의 갈림길, 또 다른 선택.
그 선택이 낳는 무수한 갈림길…….

살수 죽림(竹林)이 아닌,
사람 장홍원의 몽환적인 여행이 시작된다!

Book Publishing CHUNGEORAM

WWW.chungeoram.com

天魔神敎 洛陽支部

천마신교 낙양지부

정보석 新무협 판타지 소설

FANTASTIC ORIENTAL HEROES

무협武俠의 무武란 무엇을 뜻하는가?
바로 자신의 협俠을 강제强制하는 힘이다.

자신을 넘어, 타인을 통해, 천하 끝까지 그 힘이 이른다면,
그것이 곧 신神의 경지.

일개 인간이 입신入神하기 위해
필요한 것은 무엇인가?

지금, 그 답을 찾기 위한
피월려의 서사시가 시작된다!

Book Publishing CHUNGEORAM

WWW.chungeoram.com

천마님, 부활하셨도다

정영교 新무협 판타지 소설

FANTASTIC ORIENTAL HEROES

다시 부활한 천마의 포복절도한 마교 되살리기!

마도의 본산지 십만대산(十萬大山) 마교.
마교 역사상 최악의 위기가 다가왔다!

무림맹의 무림통일로 마교의 영광은 먼 과거가 되어버리고
마교는 옛 영광을 되찾기 위해 시조(始祖) 천마를 부활시키는데…

"오오오, 처… 천마님! 부… 부활하셨나이까!"
"이 미친놈들이 지금 무슨 짓을 저지른 건지는 알고 있는 게냐?!"

하나 점점 악화일로로 치닫게 되는 상황 속에서
과연 천마는 마교의 영광을 되찾을 수 있을 것인가!

지금, 유일무이한 천마의 통쾌한 이야기가 시작된다!

Book Publishing CHUNGEORAM

유행이 아닌 자유추구 -
WWW.chungeoram.com

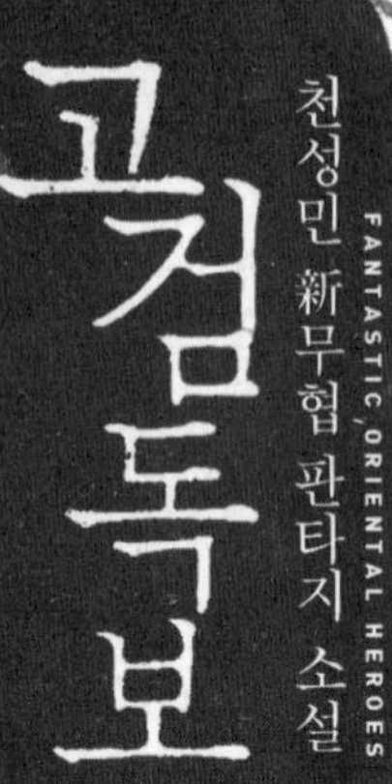

강남 무림을 일대 혼란에 빠뜨린 마라천.
그들을 막아선 것은
고독검협(孤獨劍俠)이라 불린 일대고수였다.

마라천이 무너지고 난 후,
홀연 무림에서 모습을 감춘 고독검협.

그리고 수 년……

그가 다시 무림으로 나섰다.
한 자루 부러진 녹슨 검을 든 채로……!

Book Publishing CHUNGEORAM

유행이 아닌 자유추구 - WWW.chungeoram.com